兄おとうと

井上ひさし

新潮社

兄おとうと

とき

明治四十二年（一九〇九）の降誕祭前夜《クリスマス・イヴ》から、昭和七年（一九三二）の十二月のある夜までの二十三年間。

ところ

東京本郷の吉野作造の借家、江戸川べりの料理旅館、東京帝国大学吉野研究室、箱根湯本《ゆもと》温泉の小川屋旅館。

ひと

吉野作造《さくぞう》 (31)

玉乃《たまの》 (29)

吉野信次《しんじ》 (21)

君代《きみよ》 (20)

青木存義《ながよし》 (31)

大川勝江 (18)

ピアニスト

年齢は、いずれも、劇が始まったときのものである。また、俳優は自分の扮する人物の年齢に忠実である必要は、ほとんどない。

さらに、青木存義と大川勝江に扮する俳優は数役を兼ねる。

ピアニストの静かに弾く序曲に誘われて場内に深い闇が訪れる。と、曲調が変わって、

プロローグ　ふしぎな兄弟

「ふしぎな兄弟」の前奏。
すばやく明るくなり、六人の俳優が登場、そして歌う。

（青木）ときは明治と大正、昭和
三つの御代の長いおはなし
（勝江）寒さきびしい小さな町に
生まれ合わせた兄とおとうと
（六人）兄とおとうと
どちらも秀才

兄とおとうと
どちらも秀才
（作造）　兄作造は東大教授
デモクラシーを唱えた学者
（信次）　おとうと信次　えらい役人
二度も大臣を　つとめあげた
（六人）　デモクラシー
えらい役人
デモクラシー
えらい役人

（君代）　ふしぎなことに　この兄弟は
枕ならべて寝たことがない
（玉乃）　おとなになって　おんなじ部屋で
寝たのはわずか一二三四五回
（六人）　一二三四五回

一二三四五回
一二三四五回
一二三四五回

これから始まるのは
いっしょに寝た日のはなし
お見せするのは
なかよく寝た日のはなし

一　姉いもうと

笠つき電球が点ると、そこは明治四十二年（一九〇九）暮れの、東京本郷の吉野作造の借家の茶の間。

背後に下手（お勝手と風呂場）から上手（寝室と子供部屋）へつながる横一本の廊下。

「ふとんの唄」の前奏にのって、玉乃と君代の姉妹、そして女中の勝江の三人が布団や枕を抱いてあらわれ、歌いながら、床を二つ敷く。

（玉乃）　フワフワ綿のふとん
ここに敷きましょう
花の柄《がら》の模様
ネルを当てた衿《えり》

（三人）　ふとんのなかの
　　　　眠りの国の
　　　　夢のたのしさ

玉乃　（勝江に）子どもたちは寝たかしら。

勝江　（うなずいて）お三人とも、鼻から大きな提灯を出していなさいますよ。

（勝江）　イギリス製の毛布
　　　　とても高い毛布
　　　　一度に払えない
　　　　二年月賦です

（三人）　ふとんのなかの
　　　　眠りの国の
　　　　夢のたのしさ

玉乃　（勝江に）青木さんはどうなさった？

勝江　ずーっとお風呂です。よっぽど、お風呂がお好きなんですね。

右の会話の間に、作造（パジャマに中国風ガウン）と信次（浴衣の上にどてら）が入ってくる。

（君代）　二つならんだふとん
お義兄《にい》さんは右
信次さんは左
ふたりなかよくどうぞ
（五人）　ふとんのなかの
眠りの国の
夢のたのしさ
（繰り返し）
ふとんのなかの
眠りの国の
夢のたのしさ

繰り返しの間に、三人は兄おとうとにおやすみの挨拶をして引っ込むが、玉乃と君代は上手、勝江は下手にわかれる。

玉乃　勝江さん、青木さんは今夜、あなたの部屋にお休みになるのよ。おわかりね。

勝江　（大きくうなずいて）お客様用のおふとん、もう敷いてあります。

君代　お姉さんは子供部屋、勝江さんとわたしはお納戸《なんど》部屋よ。

勝江　はーい。……青木の若殿に襲われた下町娘、舌嚙み切って純潔守る、東京本郷、吉野作造帝大助教授宅での深夜の惨劇。（思わず身震いして）そんなことになったら事件ですからね。（下手へ駆け込みながら）おふとん持ってすぐまいります。

大の字になっていた作造、ふとんの上にむっくと起き上がる。

作造　（大声で）たしかにこれは「事件」だな。信次、そうは思わないか。

信次はさっきから妙なため息をついていたが、

信次　人生なんて事件の連続でしょう。（ため息）無数の事件が積み重なったものが人生でしょう。なにもそう大声でいうほどのことはないと思うけど。（ため息）こうやってため息をつくのも、ぼくがいま事件と向き合っているからです。しかし、ぼくは兄さんのように喚いたりしない……。

作造　酔っているな。クリスマスのお祝いに青木が持ってきてくれたポルトガルの葡萄酒、あれに酔ったんだな。そこで妙なことをいっているわけだ。

信次　コップ一杯ぐらいで酔うもんか。兄さんとはちがいますよ。

作造　ぼくは酔った。だからすこし、感傷的になっているかもしれないが……考えてみると、こうして同じ屋根の下の一つ部屋に弟と枕を並べて眠るのは、今夜が初めてだ。だから事件といったのさ。ふしぎといえば、ふしぎな話だ。

信次　なにがですか。

作造　いっしょに悪戯《わるさ》をして並んで叱られて、週に一度は喧嘩して、どっちかがべそをかきながら、結局は一つふとんにくるまって寝てしまう。これを繰り返しているうちに大人になる。これが普通だろう。ところがぼくたち吉野兄弟はどうだ。（信次を指し）東京帝国大学法律科一年生で二十一、（自分を指し）同じ大学の政治学助教授で三十一、この年になるまで、いっしょに寝たことがないんだからふしぎだ。……十《とお》も年が離れすぎていたのがいけなかったんだな。

信次　東北地方が生んだ明治の神童、それがいけなかったんですよ。

作造　……？

信次　普通の子なら小学校を卒《お》えると父親の仕事の手伝いで家にいる。ところが兄さんは神童だった。郷土の誉れだ、仙台に出て中学を卒《お》えろ、高等学校も卒えろ、東京帝国大学を卒えろ、学者になれ、帝国大学教授になれ……頭のよさに惚れ込んだ人たちが兄さんを吉野の家から遠ざけてしまったんだ。ゆえに弟や妹たちといっしょに暮す機会を逃した。たったそれだけの話でしょう。

作造　（あたまをかいて）理路整然たるものだな。なるほど、評判通りの秀才だ。ぼくより頭が切れる。

信次　自分と比べないでください。なにしろ、ぼくは、子どものころから、お兄《あん》つァんを見習え、お兄つァんがあの八幡太郎なら、信次などは町の番所の番太郎だと云われて育ってきたんですから。

作造　いや、いまの分析はみごとだった。たしかにおまえはよくできる。

信次　（ピシッと）よしましょう。兄弟で誉め合うのは。

作造　（あたまをかいて）また一本とられた。……明日の朝、本郷教会の説教壇にお立ちになるのは海老名弾正《えびなだんじよう》先生だ。聞きそこなっちゃ損だよ。（ふとんに潜り込みながら）寝るときに灯りを消すのを忘れるな。

信次　……兄さん。

信次の方は、ふとんを折り畳んで、正座する。

作造　どうした？

信次　……じつは（言い出せない）……。

作造　遠慮は他人同士がするものだ。兄弟の間で遠慮は禁物だよ。（うなずいて）そうか。ヨーロッパ留学を半年後、来年六月に控えているから、あまり余裕はないが、それでも二十円ぐらいならなんとかなるだろう。玉乃に云っておくよ。（軽く、しあわせそうに笑って）弟に小遣いをせびられるって、いい気分だな。

信次　（下手を睨みつけながら）あいつ……いつまでもお湯につかってふやけかかっているあいつ、いったい何者なんですか。なぜ、今夜、ここに泊まるんですか。

作造　さっき紹介したはずだよ。

信次　青木存義《ながよし》、文部官僚。いま、小学唱歌集をつくっている……、

作造　わかっているのなら、あいつなんて云ってはいけない。

信次　仙台一中、第二高等学校、そして東京帝国大学と、ずーっと兄さんといっしょだった。実家は宮城県北部に三百町歩の水田をもつ大地主。それで家に帰ると、「青木の若殿」と呼ばれている……。

作造　ところが身分に似合わずまじめなやつでね、通りを曲がるときでも定規でもあてがったようにきちんと四角に曲がらないと気がすまない……、

信次　でも、今夜は、ここへ来たときから、ニヤニヤにやついて、気持が悪い。青木さんは、なにが狙いなんですか。

作造、起き上がる。

作造　青木くんは君代ちゃんに夢中なんだよ。

信次　（やっぱり！）……でも、あいつ、どこで君代さんを知ったんです？

作造　三年間のヨーロッパ留学に出発しようとしているぼくにとって最大の問題は、留守中の家族の生活をどう保証するかなんだ。わかるか？

信次　だれもそんなことを聞いていません。ぼくにとって問題なのは、あいつがどこで君代さんを知ったかです。

作造　おまえに答えるためには、まずここから始めなければならない。いいか、信次、留学中のぼくの助教授の俸給は三分の一に減額されることになっている。しかるに、助教授の月給は百二十八円、その三分の一となると四十円とちょっとである。おまえ、ひと月にいくらかかる？

信次　三十円。古川から十円、伊達家から奨学金が二十円。それにときどき、兄さんから一円か二円……あいつどこで君代さんを知ったんですか。

作造　玉乃と三人の子どもが一月《ひとつき》四十円で暮せると思うか。

信次　それはきびしい……あいつどこで君代さんを知ったんですか。

作造　（制して）子どもが病気にでもなったら、それこそ悲劇だ。古川の父さんは羽二重工場に手を出して失敗、倒産寸前、おまえに送金するので精一杯だろう。これはだれか篤志家の援助を仰ぐしかないなと思いはじめたところへ、あの青木くんが、「うちの父に会ってみたら」と云ってくれた。さっそく麴町の青木家東京事務所を訪ねると、青木くんのお父さんというのが、なかなかの人格者でねえ。

勝江がふとんを抱えて、下手から上手へ行く。

信次　その人格者の息子ですが、いったいどこで君代さんを知ったんですか。

作造　もうすこしの辛抱、話の終点はすぐそこだよ。それで、そのうちに話題が家族に及んだから、ちょうど持ち合わせていた家族写真をお見せした。

信次　（いらいらして）あいつどこで君代さんを知ったんですか。

作造　その写真に、すばらしい笑顔の君代ちゃんが写っていた。というのも、ほら、今年の一月まで三年間、ぼくはチャイナは天津《テンシン》の学校で政治学を教えていただろう。清国はヨーロッパ列強によって半ば侵略されかかっている。これは清国にまだ憲法と議会がないのが原因である。その証拠に、日本は憲法と議会ができてから、うんと強くなったではないか。憲法と議会を使って人民の力を吸い上げているから国力がぐんとましたのだ。よろしい、それなら、日本から学者を招いて憲法と議会の勉強をしようではないか。そこでぼくが招かれた。

信次　そのありがたいお説教はまだつづくんですか。

作造　だからその天津のフランス租界で写真を撮ったことがあるんだよ。そのとき写真師がこう云った。そのへんの写真師はシャッターを切るときに「はい、チーズ」

なんて云いますが、あれでは上っ面の笑顔にしかなりません、わたしはお客さまに「シンク・オブ・ハー」、あるいは「シンク・オブ・ヒム」と申します、写真に撮られるときは、恋しい人、愛しい方のことを思いなさい、すると、最高のポートレートができますよ。これを君代ちゃんに教えたことがある。おまえも覚えておくといいぞ。

信次　……兄さん！

作造　君代ちゃんはさっそく家族写真で、その「シンク・オブ・ヒム」を実行したらしい。それですてきな笑顔で写ったんだな。

信次　（ついに怒鳴る）あいつどこで君代さんを知ったんですか！

作造　だから、そのすばらしい笑顔を一目見て、同席していた青木くんがたちまち恋におちた。どうしても実物にお目にかかりたいと云うから、「君代ちゃんはこんどのクリスマスに仙台から上京するはずだよ」と教えてあげた。そしてクリスマス・イヴの今夜、青木くんはついにその念願を果たしたわけだ。

信次　兄さんは、もう……、

作造　君代ちゃんはうちの玉乃の妹、ぼくも彼女のしあわせを考えてあげなければならない立場にある。そこで思うんだが、いいんじゃないかな、この組合せは。それに彼のお父さんからの援助、これも大いに期待できそうだし……（ハッと気づいて）おまえ、君代ちゃんのことを異常に気にしていなかったか。

信次　実の弟のことなど、どうでもいいんだな。冷たいなあ、兄さんは……。

作造　なんだって……？

玉乃が君代を押し出すようにして入ってくる。そのあとから勝江。

玉乃　あなた、君代と信次さんがたいへんよ。

君代　大さわぎしないで。こんなの、ごく当たり前のことよ。

作造　……どうした。

玉乃　あなたの弟さんとわたしの妹とが結婚するんだそうですよ。君代がいま、そう白状しました。

君代　クリスチャンとして恥ずべきことはなに一つしていません。白状なんていやなことば、使わないで。

君代、しゃんとして信次の横に坐る。

玉乃　（作造に）さっき晩御飯のあとで、青木さんの持ってきてくださったお蜜柑をみんなでいただきましたわね。
作造　きみはいま、結婚と云ったはずだよ。
玉乃　食後のお蜜柑から始めないと、話がわからないんですよ。大きな粒《つぶ》の、おいしそうなお蜜柑。子どもたちもいるし、取り合いになるといけないと思って、卓袱台《ちゃぶだい》のまわりに集まったみんなに一個ずつ配りました。
作造　結婚はどこへ行きましたか。
玉乃　ですから、君代がお蜜柑を割って、ひとふさ、口に入れるでしょう。何気なく見ていたら、この子、ふさの中味を半分のこして、それを皮の上にそっと置くじゃありませんか。
作造　結婚です。
玉乃　（制して）それで、君代が中味を半分たべのこしたふさを、信次さんが横からすばやく摘《つま》んで口に入れたんです。そして、順番がその逆になることもありました。蜜柑をもっと甘くいただくやり方って、あればあるものねえ。
作造　つまり、二人は結婚を前提に蜜柑のふさを交換していたわけか。

玉乃　いま君代を問い詰めたら、じつはそうなんですって。
作造　（信次に）いつごろから蜜柑の、ツバのついたふさを交換するような、そういう関係になったんだ。
信次　（君代に）……いつからかなあ。
君代　いつからともなくよ。
勝江　この夏からじゃありませんか。

ちょっとの間。

玉乃　どうしてわかるの？
勝江　夏になると、仙台名産の長茄子《ながなす》のお漬物を大鉢にいれて、卓袱台の上にどんとお出ししますね。
玉乃　長茄子の話じゃなくて、二人の間になにか起ったのがこの夏からだと、どうしてわかるのかって聞いているんですよ。
勝江　長茄子から始めないと話がわからないんです。遊びにきておいでの信次さんがお茄子のヘタをおのこしなさいますね。それで小皿がヘタで山盛りになります。

作造　（思わず）あれはもったいない。信次、じつはあのヘタがうまいのだ。
玉乃　……あなた。
作造　（あたまをかきながら、勝江に）信次のヘタがどうしました。
勝江　そのヘタを、女子師範の夏休みでやはり遊びにきておいでの君代さんがひょいと口になさったんです。アレマアと思いました。それからもう一つ、忘れてならないのはあのおソーメンです。君代さんは、信次さんが箸をつけたあたりから、きまってかならずおソーメンを持ってお行きなさった。このときもアレマアと思いました。そんなわけですから、まず君代さんの方からお熱になられたんじゃないですか。
作造　（感心して）観察、分析、そして組み立てる。学者のやり方だ。
勝江　先生の十八番《おはこ》を盗んだだけです。
作造　……ぼくの十八番？
勝江　いまいる場所は神様から大事な道具としてあたえられたものだよ。よくそうおっしゃってるでしょう。だからその場所がどんな場所であれ、その場所からよくモノを見て、がんばって生きて行くしかない……。
作造　（うなずいて）人間は、いまいる俗世間の中で光を求めて走り続けるしかない、それが人間の運命である……本郷教会の海老名先生の教えです。

勝江　だから、あたしはお勝手から一所懸命モノを見て、君代さんと信次さんはアレマアの仲だなと見当をつけたんです。
作造　えらい。
信次　兄さんにその観察力が少しはあればな。
作造　……？
信次　そしたら、ぼくの様子がおかしいと見抜けたはずだもの。じつは、君代さんとのことで、相談に乗ってもらいたかったんだ。
作造　すまん。

風呂場から手桶が転がる音。

玉乃　そうだわ。青木さんがいらっしゃったんだわ。どうしましょう。あなた、青木さんに君代のことをお薦《すす》めになっていたんでしょう。
作造　（唸って）……結果としては青木くんをだますことになってしまった。（両手を組合せる。祈っているらしい）わたくしは、どうしようもない罪びとです。

玉乃、作造をいたわりながら君代に、

玉乃　主人の留学中の家計を、青木さんのお父さまが助けてくださるという話が進行中だったのよ。長茄子のヘタを分け合っているって、もっと早くに云ってくれたらよかったのに。

君代　じゃあ、こうする。義兄《にい》さんへの援助が決まるまで青木さんとお付き合いする。

信次　……君代さん。

君代　それでわたし、青木さんから嫌われるようなことをうんとする。そして向こうから断ってくるよう仕向けます。どう、姉さん、これなら気に入って？

玉乃　……！

信次　気に入らない。ぼくは、断然、気に入らない。

君代　いまのは冗談よ。信次さんがどうおっしゃるか知りたかったの。（ひたすらに）姉さんがどこまでも反対なさるなら、駈け落ちでもなんでもするわ。来年三月、宮城師範女子部を卒《お》えれば、小学校訓導のお免状がもらえます。お免状さえあれば、日本国中、どこででも小学校の先生ができるわ。信次さんと二人、なんとか食べて行ける。

信次　その気持はありがたいけど、心配は無用だよ。在学中に高等文官試験を受けて、官僚になってみせる。あなたには生涯、苦労はさせません。

君代　……信次さん。

信次　農商務省《のうしようむしよう》がいいんじゃないかと思うんだ。農業と商業、この二つがいまもこれからもこの日本の二本柱になるにちがいないからね。

君代と信次が手を取り合う。

そこへ、ドテラ姿の青木が、「団栗《どんぐり》ころころ」を歌いながらやってくる。

シューベルトの歌曲のような美しいピアノの伴奏。

青木　団栗ころころ　どんぶりこ
お池にはまって　さァ大変
泥鰌《どじよう》が出て来て「今日は！
坊ちゃん一緒に　遊びましょう」

青木、信次と君代の間に割り込んで、

青木　宮城師範女子部生徒の君代さん、いまの唱歌をどうお思いになりましたか。
君代　……はい？
青木　君代さんは小学校の先生になる勉強をなさっておいでですね。小学生諸君はいまの唱歌をよろこんで歌ってくれるでしょうか。
君代　……はあ。
青木　歌詞を書いたのは、このわたしですが、この次に出る文部省の小学唱歌集に入れようかどうしようか迷っております。ここはぜひ、あなたのような専門家のお考えが知りたいな。
君代　それなら姉の方がずっと適任ですわ。姉は九年前に宮城師範を出ております。それに東京の谷中《やなか》小学校で三年間、実際に教壇に立っておりましたし、バイオリンなどはとても上手ですよ。
玉乃　（助け舟）結構な唱歌でしたよ。
青木　もちろん、吉野くんの奥さんが小学校の訓導をなさっていたことは知ってます。でも、あなたのような、新時代を背負うお若い方のお考えをうかがいたいんですよ。二番もあるんですよ。

青木、自作を歌う。美しい伴奏。

青木　団栗ころころ　喜んで
暫《しば》く一緒に　遊んだが
やっぱりお山が　恋しいと
泣いては泥鰌を　困らせた

唄のあいだ、作造は申しわけなくて部屋の隅へ下がって、あたまを抱えている。
歌い終わった青木に、玉乃と勝江がバカに盛大な拍手をおくる。

青木　（拍手を制して）湯舟につかりながら、長い間、悩んでいたところでした。いまの「やっぱりお山が　恋しいと」の恋しい、こんなどきどきするようなコトバを小学唱歌で教えていいものかどうか……
信次　いいんじゃないんですか、教えても。
青木　君代さんのお考えは？

君代　……はあ。
青木　恋……。やはり君代さんとぼくが使うコトバでしょうね。
君代　（困り果てて）どうでしょうか。
青木　いや、いますぐお答えをお出しにならなくてもいい。これから何度もお会いして、二人でよく話し合って結論を出せばすむことです。
玉乃　（思い切って）君代はクリスチャン、青木家のご家風には合わないと思いますが。
青木　（笑い飛ばして）クリスチャンが怖くてオボッチャンなんかやってられません。
玉乃　それも熱烈なクリスチャンで、朝晩二時間ずつ十字架の前に坐りっ切り。
青木　（ひるまず）そんなにお好きなら麴町の屋敷に電柱より高い十字架をお立てしますよ。
玉乃　一日一度は教会へ行かないと気分が悪くなるようですし……、
青木　ついでに屋敷に教会も作ります。
玉乃　お金でもモノでも持っているものはみんな人さまにあげてしまいますし……
青木　うちも慈善事業をやってます。
玉乃　（詰まる）それから……
勝江　（助け舟）夜中にはキリストさま、キリストさまと、ひっきりなしに寝言をおっしゃいます。
青木　耳栓をします。
勝江　そのうちににゅーっと首がのびます。
青木　見て見ないふりを……
勝江　それから油をお舐めになります。
青木　……！
作造　（ついに）やめなさい！
みんな動かなくなる。玉乃と勝江は首を垂れ、君代は一種の感動を覚えて青木を見つめ、その君代を支えて心配そうな信次。この「構図」をしばらく見ていた青木、すべてを察して、
青木　……化け猫と恋はできませんね。さよなら。
青木、下手へ駆け込む。作造、その後を追う。

作造　青木くんに懺悔しなければならない。

　　玉乃、ポツンと、

玉乃　なんてまっすぐな人。

君代　信次さんを知らなかったら、わたし、あのひとの奥さんになったかもしれない。

信次　……君代さん。

勝江　でも、いいお唱歌でしたね。どんぐりころころ……、

玉乃　シーッ。

　　玉乃はみんなの注意を風呂場の方に向ける。下手から、青木と作造が明るく「団栗ころころ」を歌っているのが聞こえてくる。

二　恩賜の銀時計

十一年後の大正九年（一九二〇）十月初旬、秋晴れの日曜日、午後おそくの江戸川東岸の料理旅館「川源《かわげん》」の二階座敷（奥に廊下）。隅に革製の旅行鞄とバイオリンのケース。

高衿《ハイカラー》の白シャツに黒ズボンをズボン吊りで吊った作造が、江戸川名物の鮒《ふな》を描いた立屏風の前で、今夜の講演の予行演習をしている。講演ずれのしていない、祈りを捧げる牧師のような、ひた向きな口調。なお、立屏風に引っ掛けてあるのは作造の黒上着。

遠くから（一つ置いた座敷あたりから）バイオリンの「ユモレスク」が薄く聞こえてきている。ちなみに、玉乃は、当時としてはという注釈が入るが、バイオリンの名手。

作造　……文部省から派遣されて三年間、わたくしはヨーロッパ各地の大学で政治学の研究をしてまいりました。帰国したのは七年前ですから、だいぶ昔のことになりますが、その三年間で、もっとも印象に深かったのは……（大きく見回して）市川キリスト教会青年会のみなさん、ここからが本日の講演の眼目《がんもく》でありますが……もっとも印象に深かったのは、ヨーロッパ各地で、人びとが目覚め始めているという厳粛なる事実でありました。（手元のカードをチラと見て）たとえば、炭坑夫が寒さの冬にひとかけらの石炭も買えずに親子で抱き合って震えている。（チラ）布地を一日に何キロメートルも織《お》る職工さんがボロをまとうわが子に一枚のシャツさえ買ってやれない。（チラ）りっぱなお屋敷を建てている大工さんがいまにも倒れそうなあばら屋に住み、豪華な着せ替え人形をこしらえる女工さんが孔《あな》だらけのショールで寒さを防いでいる。これまではみんな「人生ってそんなものさ」と、何の疑問も持たなかったが、最近はちがう。わが子のための石炭やシャツがないのはなぜ？雨風から家族を守る住まいが持てないのはなぜ？　自分を暖めてくれるショールがないのはなぜ？　なぜ、なぜ、なぜ。（すこし改まって）さよう、人びとは「なぜ」と考えることによって政治に目覚め始めたのであります。（チラ）こうなると政治学も変わらねばなりません。これまでの政治学は、お偉方になり代わって世の中を考えていた。天下をとるにはどうしたらよいか、天下を取ったら人びとをどう治めればよいかと、そればかり考えてきた。つまり、明治の政治学はお偉方の走り使いに甘んじていたと言い切ってもよろしい。政治学ばかりではありませんよ。たとえば、小説もそうである。やれ古代中国では皇帝たちがこうやって天下を取り、こうやって人びとを治めたとか、やれ信長、秀吉、家康がこうやって天下を争い、こうやって人びとを治めたとか、偉い人のことばかり書いている。しかも治められる側の一般の人びとがそれらの読物に夢中になっているのですから、皮肉といわんか、滑稽といわんか……これを奴隷根性といいますが、しかし、世の中に「なぜ」と問いかけることで人びとが目覚めた以上は、少なくとも政治学は変わらねばなりません。市川キリスト教会青年会のみなさん、これからの政治学は、お偉方に向かって人びとが抗議するときに役立つ学問でなければならぬのです。為政者《いせいしゃ》すなわち政治を行う側にではなく、人びとの側に立って考えること、これこそが大正新時代の政治学なのであります……。

自動車のエンジン音が近づき旅館の前に止まる。作造、廊下まで出て道路を見下ろしてメモを持った手を振ったりするが、そのあいだも講演の予行演習に余念がない。バイオリンも、ちょっと止まるが、またすぐ、聞こえ始める。

作造　……では、人びとはどのような方法でお偉方に抗議するのか。もちろん、憲法と議会をもってそれを行なうのであります。（じつに改まって）市川キリスト教会青年会のみなさん、憲法とは、人びとから国家に向かって発せられた命令である。逆に法律とは、国家から人びとに発せられた命令であります。そしてもちろん、いかなる場合でも、憲法は法律に優越する。国家の法律より、人びとの憲法の方がはるかに偉いのであります。ただ残念なことにわが国の憲法は、人びとから発せられたものではなく、天皇から発せられたものであった。そこにわが憲法の重大な欠陥があるのでありまして……、

信次　（ピシャリと）いかん！　いけませんよ、兄さん。

上手から、りっぱなハイカラー洋服の信次が飛び込んでくる。バイオリンの音も止む。

信次　過激すぎるんですよ、兄さんは。ぼくが農商務書記官になったからって言うん

じゃない、世間の常識に照らしても激しすぎるから言うんです。

作造　……世間の常識？

信次　いまの発言は非国民の非常識。だから言っているんですよ。

作造　（自信）ぼくの論文を載せた雑誌は、それこそ羽根でも生やしたように、飛ぶように売れているんだよ。しかも、国中の書店で、だよ。

信次　中央公論ですか、改造ですか、それとも婦人之友ですか。全部を合わせても読者の数は百万もいないでしょう。しかし日本には六千万の人間がいるんです。常識というのは、それら六千万人の、ものの考え方のことです。

作造　今夜の聴衆は、市川のクリスチャンの青年たちだ。ごく内輪の集まりなんだよ。

信次　（言下に）内務省警保課《けいほか》の危険思想係がきている。それもクリスチャンよりクリスチャンらしい顔で。

作造　ほう、確信があるんだ。

信次　（詰まるが）彼らも天皇の官僚ですからね。官僚のやりそうなことは、ぼくにはよくわかるんですよ。

作造　ところで、われわれの銀時計は出てきそうかね。

信次　それなんですがね……、

下手から、玉乃がバイオリンを手巾《ハンケチ》で拭きながら入ってきて、

玉乃　お帰りなさい。長いあいだ放っておいたら、ずいぶん技量《うで》が落ちたわ。

信次　そんなものを弾いているときじゃないでしょう。兄さんの発言にもっと神経を向けておかないと、またいつかのように、右翼の国士や士官学校生徒にねじこまれてしまいますよ。このあいだも、玄関のガラス戸をメチャメチャにされたはずですよ。

玉乃　(うなずいて) ついでに門柱を抜いて、持ってっちゃいました。根っ子が腐って、そのうち替えなきゃと思ってたところだったから、かえってよかったんですけどね。

信次　まったく二人とも、のんき坊主なんだからなあ。

玉乃　それで、お財布の行方は、やはり分からずじまいなの。

信次　だから、それなんですがね……、

上手から、鮒《ふな》の雀焼《すずめや》きや鮒の甘露煮《かんろに》を山のように抱えた洋装の君代が入ってくる。

君代　（三人に見せて）ここの川源《かわげん》の御主人がこんなにくださったのよ。見てよ、姉さん、すごいでしょ。

玉乃　……鮒の甘露煮、鮒の雀焼き。ここ江戸川の名産よ。

君代、姉と自分とに分けながら、

君代　御主人が、「みなさまのお座敷を泥棒が荒らしたについては、わたしども旅館側に責任がございますゆえ、本式のお詫びは近いうちにかならずいたしますが、本日はとりあえずこれをお土産にお持ちくださいまし。ご主人さまにどうぞよろしくお取り成しを」って、何回も何回もお辞儀をなさってた。（信次に）岸信介《きししんすけ》さんや木戸《きど》幸一《こういち》さんにも、これ、分けてあげましょうね。

信次　……。

玉乃　岸信介さんに木戸幸一さん？

君代　（うなずいて）お二人とも信次さんお気に入りの部下。それはそれはお仕事がよくおできになるんですって。

玉乃　（感心して）たいした内助の功ね。

君代　へへへ、賢夫人でしょ。

二人、お土産の仕分けをつづける。

信次　昨夜、盗まれた銀時計と財布の話をしているところなんだがね。
君代　（気づいて）……あ、こちらの警察署の様子はいかがでした？
信次　のろい、とろい、おそい。
君代　……やっぱり、見つからなかったのね。
信次　署長以下署員全員、天子さまからお授かりになった恩賜の銀時計が二つもこの市川で失われるとは町始まって以来の不吉な凶事、そう言いながら、うろうろ騒ぎ立てるばかりだ。あの様子ではほとんど絶望だな。

ちょっとの間。
作造は黙々と講演の予習。

玉乃　（坐り直して）信次さんの書記官昇任をお祝いしたくて、ここを選んだのだけれど……飛んだ招待旅行になってしまいましたね。ごめんなさい。
信次　……。
玉乃　ほんとうに申しわけがない……。
信次　（口の中ではなにか言っている）……。
玉乃　あの……、
君代　時計とお財布を盗んだのは姉さん、そういうわけじゃないんでしょう。
玉乃　そりゃそうですよ。
君代　じゃあそんなに謝らないで。
玉乃　でも、こんな物騒なところを選んだのはわたしだから……主人の論文の載った朝日新聞に、この川源料理旅館の宣伝チラシが挟み込まれていたのよ。主人の講演の予定もあって、こりゃ好都合とここに決めたんだけど……大失敗でした。

君代、玉乃を少し脇へ誘って、

君代　へそくりしてる？
玉乃　してないこともないけど、でも、どうして？

君代　銀時計を買ってあげましょうよ。
玉乃　（うなずいて）それくらいならなんとかなるわ。

君代、信次に、

君代　あすの月曜午後四時半、お役所近くの歌舞伎座の前で逢引きよ。いいこと？
信次　（仰天して）……逢引き？
君代　銀座で銀時計を買ってあげる。
信次　銀時計……？
君代　わたしのへそくりでね。
信次　あの恩賜の銀時計が銀座の銀時計といっしょになりますか。
君代　でも、こんどのはスイス製よ。
信次　（一瞬グラッとくるが）あの銀時計の裏蓋には、「恩賜　大正二年東京帝国大学法科大学首席卒業者　吉野信次君」という二十六文字が彫ってあるんだよ。何度も見てるんだから、きみだって知ってるだろう。
君代　その二十六文字も彫らせましょうよ。

信次　（絶句）……！

君代　だいたい信次さんは、あの銀時計にご不満だったじゃない。（玉乃に）いつもこぼすのよ、「ぼくの前の年までスイスの銀時計だったたのに、ぼくの年からは国産の精工舎になっちゃった。ああ、つまらねえ、兄貴のはスイス製なのに」って。

信次　夫婦の会話をこんなところで大っぴらにするやつがあるか。

予行演習を終えた作造が、信次のそばへきて横から大きく肩を抱く。

作造　お前が卒業した大正二年、この国の財政はほとんど破産しかかっていた。なにしろわが国はあの日露戦争を外国からの借金で戦ったんだからね。

信次　（思わずすらすらと）日露戦争の戦費総額は十八億二千六百二十九万円です。そのうちアメリカからの借金が約八億円です。戦後、わが国は、その借金を死に物狂いになって返済しなければならなくなりました。一方、アメリカはその利子で莫大な利益を手中に収めた……。

作造　だから、借金返済に追われていたその大正二年のわが国の財政が、国産品の恩賜の銀時計としてあらわれただけの話じゃないか。

信次　わかってはいますが、しかし……、
作造　スイス製だろうが国産品だろうが玩具の時計だろうが、おまえが首席で卒業したことは疑いようもない事実だ。そうだろう。
信次　……はい。
作造　時計を盗まれて、ぼくも衝撃を受けた。しかし、いまはこうも思うのだ。たしかに時計は失われたが、その代わりにぼくは十一年ぶりに弟と枕を並べて眠ることができたんだってね。それを考えれば、時計の一つや二つがなんだ、安いものじゃないか。
信次　……はあ。
作造　もっともおまえは枕にあたまを当てたとたんに、いびきをかきはじめたから、実のある話はできなかったがね。
信次　このところ毎晩、会議の連続で……、
作造　いや、おまえのいびきが、江戸川の水の岸辺を洗う音と溶け合って、まるでなつかしい音楽のように聞こえていた。
信次　（さすがにジンとくる）……！
作造　来てくれて、ありがとう。

信次　ぼくの方こそ……（思い当って）あ、ここの宿賃はどうしますか？　ぼくたちは財布まで盗まれてしまったんですよ。

作造　……そうか！

信次　ぼくの名刺を置いていきましょう。役所へ取りにくるように言います。

作造　それではきみたちを招待した意味がない。市川キリスト教会から借りよう。

玉乃　たよりになる助太刀がいますよ。

作造・信次　……助太刀？

君代　へそくりのことよ。

玉乃　（うなずいて）銀時計や宿賃ぐらい、なんとかなります。

姉と妹は「ユモレスク」の旋律へ跳ぶ。

（玉乃）　へそくり始めて
あれこれやりくり
かれこれ十何年
一日十銭

ときには一円
地道にためる
（君代）おかずをへらして
おやつを抜かして
かれこれ十何年
一日十銭
ときには一円
せっせとためる

（二人）へそくりは身だしなみ
女の才覚
へそくりは強い助っ人
まさかのときの助太刀

へそくり始めて
あれこれやりくり

かれこれ十何年
夫にかくれて
タンスのうしろに
こっそりためてゆく

（二人）だからといって女は
決して単なるケチではない
（君代）子どもの病気　夫の怪我
迷わずポンとつかう
（玉乃）ご祝儀　香典　中元返し
迷わずきれいにつかう
（二人）けれどもたまに街へでかけ
お汁粉などにもつかう

作造と信次が歌う。

（二人）　へそくりやられて
あれこれからくり
かれこれ十何年
笑顔でおねだり
男を丸めて
せっせとためてゆく

（四人）　へそくりはすばらしい
女の才覚
へそくりは家庭の光
家族のみんなの神様

唄のおしまいで廊下から、紫の風呂敷包みを大事そうに捧げ持った下矢切《しもやぎり》交番の山田巡査（二十代前半）がそっと顔を出す。

山田巡査に小さくなってついて来たのは高梨千代（十八）。

ボロボロの着物にもんぺ。

唄がきまったところで山田が拍手。

山田　うらやましい次第であります！　わたくしどもの月給では、たとえ女房をもらったところで、へそくりを持たせるなんてことはとてもできはいたしません。

四人、びっくりしている。

山田　わたくしは、すぐそこの下矢切交番の山田正であります。お探しのものを持ってまいりました。

玉乃　お探しのもの……？

君代　……まさか！

山田　（包みを解きながら）恩賜の銀時計が二個に、財布が二つであります。

作造と信次、奪うように銀時計を取る。財布の方は玉乃と君代が受け取る。

作造　（裏蓋の彫り文字を読む）「恩賜　明治三十七年東京帝国大学法科大学首席卒業者

吉野作造君」……。

山田　（感動の面持ち）じつにみごとなスイス製でございますな。

作造　いやー、助かりました。それで、これ、どこで見つかったんですか。

山田　事情はのちほどくわしく。

作造　……？

信次　（読む）「恩賜　大正二年東京帝国大学法科大学首席卒業者　吉野信次君」……。

山田　（親しみを持って）巡査を拝命いたしました際に、親戚一同から、同じ精工舎の、この腕時計をもらいました。親戚というのが揃って江戸川の川漁師《かわりようし》の貧乏者、ですから、まったくの安物でありますが、しかしこの三年間、一度も狂ったことがありません。国産品も出世したものであります。

信次　どこで見つけたのだ。

山田　見つけたといいますか、見つかるように仕向けられたといいますか……。

信次　時計に足があるわけはない、だれかが盗んだのだろう。犯人はだれなんだ？

山田　それがいると思えばいるし、いないと思えばいない……、

信次　（作造に）のろい、とろい、おそい……これなんですよ、田舎の警察というのは。（山田に）犯人は捕まえたのか。

山田　捕まえたというのか、捕まえられにきたというか……なにしろ複雑な事件なのであります。
信次　（官僚的一喝）はっきりしなさい！
山田　はい、じつは、その……、
千代　あたしでございます！

四人、びっくりする。

千代　あたしはこの近くの工場《こうば》で……はい、（分けてあったお土産を手当たり次第に取って）これも、これも、これもこれもみんな、あたしが作りました。
山田　こちらの川源さんが魚の加工場を持っておりまして、この高梨千代さんは、その一番の働き手であります。
信次　（千代を見据えながら）おまえが盗《と》ったのか。
千代　申しわけございません。昨日、旦那さま方が川べりを歩いていなさるところを工場の窓から拝見しておりました。窓の前でポケットからギラッと光る時計をお出しになった……ああ、あれがあれば願いごとがかなう……そんな罰当たりな考えに取りつかれてしまいました。

山田　お千代さんの願いごととは、弟の孝くんのことです。孝くんは駅前の銀行支店で給仕をしながら早稲田講義録で勉強しておりますが、これが「下矢切の神童」と噂されるほど、勉強のよくできる子であります。その孝くんを中学へ出してやりたい……。

千代　（うなずいてから）中耳炎ですから病院にも通わせてやりたい、そう思いつめて、ゆうべ仕事が終わってからこっそりこのお座敷へ……、

山田　時刻は午後十時すぎだったそうです。

玉乃　ずいぶん遅くまで働いているのね。

山田　ここの人使いの荒さときたら下矢切一ですからな。

千代　はっと我に返ったのは……お二人の旦那様の枕元にしゃがんで時計とお財布を手にしたときでした。こんなことをしちゃいけない！　とっさに時計とお財布を元へ戻そうとしたとき……、

玉乃　どうしたの？

千代　こちら（信次）の旦那様が、大きな声で「兄さん！」と寝言をおっしゃったので、びっくりいたしました。心臓が飛び出しそうになりました。それでそのままこ

こから飛び出しました。

君代　あなたの寝言が犯人だったのよ。

信次　ムチャをいっちゃいけない。

千代　家へたどりついたら、孝に思いっきり頬を打《ぶ》たれました。……「亡くなったおとっつァんやおっかさんが知ったらどうするんですか。二人とも嘆き悲しんで、もう一度、死のうとするにちがいないよ」……。とんでもないことをいたしました。お許しくださいまし。

山田　このように心から反省し、自分から時計と財布を交番へ返しにきたのですから、これは盗ったというよりは、一晩、預かったという言い方もできるのではないかと思うのでありますが。

信次　きみもムチャをいってますよ。

山田　おことばを返して恐れ入りますが、両親を亡くしてからのお千代さんは、孝くんや妹たちの面倒を見ながら、朝は蜆を売り納豆を売り、日中は鮒の加工場でウロコまみれになって働き、夕方には豆腐を売り、弟たちの夕飯をつくってからまた加工場へという働き者で、下矢切町内会から賞状をいただいたこともあります。

玉乃　けなげねえ。

君代　りっぱよ。

山田　どうかよろしくおねがいいたします。

千代は額を畳にこすりつけて詫び、山田は平伏、玉乃と君代も信次に取りなす。作造は、千代の上に「人びと」を見ている。

君代　ねえ、あなた、時計とお財布がここにちゃんとあるわけだし、お千代さんは心の底から悪いことをしたと反省してもいるんだし、事件はなかったも同じじゃなくて。

信次　事件はあった。こうやって議論していることが、そもそもその証拠じゃないか。

君代　それはそうかもしれないけど、なんとかならないものなの。

信次、少し改まって、しかし口調はこれまでになく柔らかに、

信次　わたしは国家の官僚です。

山田　はい。本省の高等官にして書記官、たいへんに偉いお役人でいらっしゃいます。

信次　官僚ですから、ほかのだれよりも法を守らなければなりません。それが官僚たるものの第一のつとめです。さて、ここでお千代さんを許してしまうと、どうなるか……。

山田　八方めでたくおさまります。

信次　大日本帝国は崩壊しますな。

山田　（仰天）……ホウカイ？

信次　（うなずいて）まちがいなく崩壊します。

君代　ちょっと大げさじゃありません？

信次　冷静ですよ。（理路整然と）ここでお千代さんが許されるなら、警察署も裁判所も監獄も、そのほかあらゆる役所がいらなくなります。つまり、交番とものわかりのいい巡査がいれば、それでいいということになります。ところで、国家とは、法律の網のことです。全国いたるところにひろがっている警察署や裁判所や監獄やお役所で織り成した法律の大きな網、それが国家なんですよ。山田巡査はその法の網に穴をあけようとしている。

山田　そんな大それたこと、考えたこともありません。

信次　きみのような妙にものわかりのいい巡査が百人、二百人と出てきてごらんなさい。法の網がずたずたになり、やがてわが国は崩壊にいたる。
山田　おそろしい話ですが、しかし……、
信次　お千代さんは、刑法第二百三十五条の「他人ノ財物ヲ窃取シタル者ハ窃盗ノ罪トナシ十年以下ノ懲役ニ処ス」という法の網の目を一つ破ろうとした。そのほころびは自分で繕わなければなりませんね。

千代と山田、硬くなっている。

信次　けれども、その一方、国家は救いの網も用意しているんですよ。
山田　……救いの網、でありますか。
信次　（うなずいて）たとえば情状酌量。事情が事情ですから、お千代さんは三ヵ月の懲役ですむかもしれませんね。

千代、三ヵ月と呟いて、ぞっとして顔をおおう。

信次　またたとえば、執行猶予。お千代さんは監獄に入れられずにすむかもしれません。

山田　あの、表沙汰になりますと、孝くんは給仕の仕事を失ってしまいます。

信次　世間はひろい。中には同情する人も出てくる。お金を送ってくる人もいるでしょう。弟さんの学資なぞ、あっという間に集まるんじゃないの。

山田　孝くんも心配ですが、わたしはまだちっちゃい妹さんがかわいそうでならんのです。

信次　（面倒になって）孤児院に行けばいい。

山田　それはどこにあるんでしょうか。

信次　きみが探しなさい。（千代に）国家だの法の網だのというと、いかにも冷たい感じがするでしょうが、いまもいったように、やさしいところもあるんです。安心してこの国の法の網に体をお預けなさい。わたしたち国家が決して悪いようにはしませんからね。……市川警察署までついて行ってあげよう。署長に、しかるべく扱うよういっとかなくてはね。

ふらっと立ち上がりかけた千代、突然、畳にしがみついて、

千代　……なぜでございますか。勉強したい子が中学へ上がれないのは、なぜでございますか。孝のほかにもそういう子がたくさんおります。
信次　（虚を衝かれて立往生）……！
千代　なぜ、弟たちは病気でもお医者にかかれないのですか。
信次　それは……（山田に）調べなさい。
山田　はあ……？
千代　弟たちにも甘露煮をたべさせてあげたい、でも、あたしたちがこしらえた甘露煮をあたしたちが買えないのは、なぜですか。教えてください！
信次　（山田に）教えてあげなさい。
山田　……！
信次　（千代に鋭く）行こう。
作造　お千代さんのなぜ、国家の高等官たる信次は、まずそのなぜに答えるべきだな。
信次　（外して）愉快な一泊旅行でした。兄さん、ごちそうさま。

玉乃となにかひそひそやっていた君代に、

信次　君代、帰りますよ。

作造　お千代さんのなぜをがっしりと受け止める法律、それをきみたち高等官はなに一つ用意していない。それでは、お千代さんならずとも、安心して法の網に身を預けることなどできないだろうが。

信次　法治国家なんですよ、わが国は。法の網を守れというのは当然でしょう。

作造　だから、その法の網に、お千代さんたちのなぜが組み込まれていないといっているんだ。自分たちに都合のいいことばかり盛り込んだ法の網に、お千代さんたちが安心して身を預けることができると思っているのか。

信次、作造に向かい合って、どっかりと坐って、

信次　じゃあ、どうすればお気に召すんですか、社会の不平屋さん。

作造　……不平屋だと。

信次　世間での兄さんの呼び名です。うちの局長などは、ぼくを呼ぶのに、「おーい、不平屋の弟」ですからね。

作造　悪い兄貴を持ったと諦めてもらうしかないな。

信次　とっくに諦めてます。それで兄さんはどうなってほしいんですか。
作造　なによりもまず、お千代さんたちのなぜに答える法律をつくることだな。この国の人びとの胸の内にある、ありとあらゆるなぜ、そいつをすべて帝国議会に集めるんだよ。
信次　そのためには普通選挙を実施せよ、ですか。もう聞きあきましたよ。
作造　もっと突っ込んでいうなら、日本国民が抱くありとあらゆるなぜを憲法に注ぎ込むこと。そうしてその憲法を物差しにして、きみたちご自慢の法の網なるものがその憲法に違反していないかどうかきびしく点検する。そういう法の網にならお千代さんたちも安心して身を預けることができる。
信次　（ピシャリと）帝国憲法は明治大帝が発せられた帝国臣民への下されものです。
作造　（はっきりと）そこへ帝国臣民のなぜが割り込んで、なぜ悪い？
信次　憲法に不満を持つことは天皇陛下にも不満……（自分でも仰天して）過激だ。兄さんは過激すぎる！
君代　（細かく畳んだ半紙を差し出しながら）この書付けもずいぶん過激ですけど。
信次　（払いのけて、畳を打ちながら）ぼけた理想論を言い触らし書き散らしているひまがあったらどうしてちゃんとした学問の本を書こうとしないんですか。兄さんをかげで「街頭《がいとう》学者」といっている者も大勢いるんですよ。
作造　……街頭学者？
信次　学問の本を書かずに、そのときどきの時事問題を肴に雑文を書き散らし、講演会を掛け持ちして喋り散らし、世間に顔を出していないと不安な、目立ちたがり屋の学者、これをひっくるめて街頭学者……。
作造　学者の仕事は二つ、「究《きわ》めること」と「広めること」、究めたことを広めるために雑文を書き、講演会で話す。学者の務めを果たしているつもりだよ。
信次　兄さんほど勉強をした人をぼくは知らない。そしてそれがぼくの誇りだった。その兄さんが、社会の不平屋だの、街頭学者だのといわれているのがつらい、口惜しいんです。

作造、「おとうと」をヒシと感じて、坐り直す。信次、軽く一礼。

信次　では、また、いつか。（千代と君代に）行こうか。
君代　（半紙の文章を読む）「あなたのお役所の三階のお窓が、照菊《てるぎく》のお部屋からも見えますの」……あなたのお財布に入っていました。照菊ってどなたでした？

信次　（あわてて）……照菊というのは、ほら、きみも知ってのように……、
君代　（ピシャリ）知りませんけど。
信次　いや、農商務省が築地の花街《はなまち》の真ん中にあるってことは知ってるねといいたかったので……つまり、三井や三菱の番頭の中には、うちの役所に用があるふりをして表玄関から入って、そのまま役所をツーッと通り抜けて通用口から新橋芸者の待つ料亭に飛び込むやつがいるんだな。
山田　おもしろいですねえ。
信次　だろう？
山田　ただし、奥様のおたずねへの答えにはなっていなかったように思いますが。
信次　……ぼくもそんな気がしてたんだ。
君代　（読み続ける）「三越で買っていただいた旅行鞄を大切に抱きながら、シーさまのお姿を探して今日もお役所のお窓を見ています」……シーさまってどなたですか？
信次　エート、それは……
玉乃　信次さんのお財布から出てきたのだから、信次のシーでしょうね。
山田　わたしは山田ですからヤーさまですか。

玉乃　そうなりますね。
君代　（読む）「この旅行鞄をさげて伊豆の温泉へまたお供したいなと祈っている照菊より」……。（切り口上で）伊豆へいつお出かけになりますか。

信次、君代の前に正座。

信次　……すまなかった。もう二度とこういうことはしない。いろいろ云いたいこともあるだろうが、家に帰ってからこころして聞く。
君代　お千代さんも、二度といたしませんと謝っていたのに、あなたは許そうとはなさらなかった。
信次　……？
君代　わたしはあなたの妻、ですからあなたがなさるようにいたします。あなたがお千代さんを許さないように、わたしもあなたを許しませんわ。家を出ます。
玉乃　子どもたちをみんな連れて、うちへいらっしゃい。
君代　そのときはお願いね。

信次、のろのろと立って、

信次　……どうか考え直してほしい。いま、云いたいことは、それだけだ。

信次、千代をチラと見てから出て行く。君代が追う。

君代　（にっこりして）わたしも帰るわ。

玉乃　だいじょうぶ？

君代　（笑顔が翳《かげ》って）じつは、なれっこなの。

山田　お見送りいたします。

千代、一人のこった作造に、

千代　……なにが起こったんでしょう。あたしは、この先、どうなるんでございますか。

作造　お千代さんは、さっきわたしたちの前で自分の罪を懺悔しましたな。……つらくて恥ずかしかったでしょう。でも、じつはそのときお千代さんは許されていたんだと、わたしは信じています。

千代　（よくわからない）……はい？

作造　帰っていいんですよ。たった一人の弟さんに、もう悲しい思いはさせないでください。

千代　あんな罰当たりなことはもう二度といたしません。ありがとうございました。

立ち上がろうとする千代に、

作造　（心の深みからポツンと）なぜ。

千代　……はい？

作造　お千代さんの、あのなぜはよかったなあ。

千代　はい？

「なぜ」の前奏が忍び込む。

作造　つまり、自分の内側に、そして自分の外側に、なぜと問うことができるのは、人間だけだからですよ。
千代　（理解して）はい。
作造　（自分に言い聞かせるように）なぜにぶつかったら、そこに立ち止まって考える。これしか人間の生き方はないのかもしれない。
千代　（完全に理解している）はい！

二人は歌う。

（二人）　疑問　疑問　疑問　疑問
疑問がわいたら
止まれ止まれ　急がずに止まれ
（作造）　人間にとって
一個の疑問符は
世界の重さと同じ
とっても大事

（二人）　止まれ止まれ
あわてずに止まれ
止まれ　止まれ　止まれ　止まれ
止まれ　止まれ

戻ってきた玉乃と山田が、廊下で二人の唄を聞いている。

三　天津からきた娘

三年後の大正十二年（一九二三）、関東大震災から旬日を経た九月十日（月）の正午近く。東京帝国大学法科大学の吉野作造研究室。

上手寄りに、大机と背もたれ椅子。
下手寄りに書物がほとんど並んでいない書棚。そしてドア。

床の上には、泥で汚れた書籍が数十冊、あちこちに小山をなして置かれている。その小山のいくつかに布巾が載っている。

上手奥に洗面台。それを半ば隠すように木製の衝立が立っている。

机の横の革張りのスツールに学生服の青年が異様に緊張して坐って中空を睨んでいる。その目も据わっている。この青年は偽《にせ》帝大生の美和作太郎《みわさくたろう》、国粋右翼団体「浪人会《ろうにんかい》」の青年部幹部。

……と、人の気配。作太郎、白鉢巻を出して手早くしめ、懐中から斬奸状《ざんかんじょう》と白鞘の短刀を取り出して身構える。

ノックの音。作太郎、ギラリと短刀を抜く。ドアが勢いよく開くと同時に、

美琴　吉野作造先生の研究室はこちらですね。

少し汚れた地味なチャイナ服の袁美琴《えんびきん》が、古い旅行鞄を提げて飛び込むように入ってくる。

作太郎、あわてて短刀と斬奸状をしまう。

美琴　あら、お仕事中にすみません。

作太郎、仕方がないので、仕事（書物の表紙を布で拭く）をする。

美琴　先生のお弟子さんですね。ご苦労さまです。

作太郎　……！

美琴　わたし、袁美琴といいます。お猿さんの猿から獣偏《けものへん》をとって袁、美琴は美しい琴と書きます。よろしく。

作太郎　……。

美琴　天津航路の定期船河南丸《かなんまる》で、十日前の九月一日のお昼に、横浜港に着いたんです。ところが上陸間際に、あの大地震！　上陸は許されませんでした。それで、神戸へ回されて、中央本線でやっとさっき、東京に辿り着きました。でも、東京帝国大学が焼けてなくなっていたらどうしようと、ドキドキしながら道を聞き聞きこわごわやってくると……大学はあった！　壊れた教室も多いけど、吉野研究室はぶじだった！

作太郎、この邪魔者をどう始末しようかと、じっと美琴を見ている。

美琴　……怪しい者じゃありませんよ！　今年の八月、そう、ほんのひと月前、吉野先生が上海《シャンハイ》へいらっしゃったでしょう。わたし、天津から上海へかけつけて、先生にお目にかかりました。なつかしかったわ……！　そしてそのあとすぐ、先生から、「都合がついたら、いつでも日本へいらっしゃい」って、こんなお葉書をいただいたんです。

美琴、チャイナ服のポケットから出した葉書を作太郎に突きつける。

美琴　これがそのお葉書。読んでくだされば事情がおわかりになります。
作太郎　……。
美琴　読んでください！

仕方がないので、作太郎、不機嫌な一本調子で、いやいや葉書を読む。

作太郎　……「お父上袁世凱閣下のお招きで天津に赴《おもむ》き、あなたの兄さんの家庭教師

をしていたころ、あなたはまだ五歳の、かわいい女の子でした」……、

文面に合わせて美琴の体がなんとなく動きだす。葉書の文章がよほどうれしいらしいが、傍からは、なんだか当てぶりでも踊っているようにも見える。

作太郎 ……「それがあんなに大きく成長なさって、日本語も上手になられて、十五年の歳月の力は、つくづく偉大です。政治学を勉強なさりたいとのこと、わたしの知っていることならなんでもお教えしましょう。むかし、小さなあなたから護身術を習ったお返しにね」……（作太郎、一瞬、警戒する）……「都合がついたら、いつでも日本へいらっしゃい。東京に慣れるまで、うちにお泊りなさい。いらっしゃるときは、うちを目当てにするよりも、『東京帝国大学法科大学吉野作造研究室』とおっしゃい。東京の人で、東京帝大を知らない人はまず、いない。すぐわかります。吉野作造」……。

美琴、葉書を取り上げて、

美琴　おわかりでしょう。わたしは怪しい者ではありません。いってみれば、あなたのおとうと弟子みたいなものですね。（軽く）先輩。

作太郎　……！

美琴　お手伝いします。

作太郎、美琴と並んで、しぶしぶ書物の表紙の汚れを拭く。そのうち、美琴、いきなり作太郎の手を打つ。

美琴　手抜きですよ、先輩。これは大地震で泥をかぶった先生の大事なご本なんでしょう、ちゃんと、きれいに泥を落とさないと。

作太郎　……！

美琴　せっかくの鉢巻が泣きますよ。格好倒れです。

作太郎　……！

美琴　ご専攻は？

作太郎　……？

美琴　なにを研究していらっしゃるんですか。

作太郎　（じつに低い、小さな声）右翼だ。
美琴　（うなずいて）ああ、筋道が通らなくなると、すぐ刀を振りまわしたり、ピストルを射ったりして、暴力で片をつけようとする一派のことですね。
作太郎　……！

作太郎、こいつも殺《や》っちまえ！　と決心して、懐中の短刀の柄《つか》に手をかける……そのとき、ドアが勢いよく開く。作太郎、一瞬、どっちに殺意を向ければいいのか迷う。入ってきたのは、風呂敷包み（握り飯を詰めたお重）を抱えた玉乃。数歩おくれて麦茶の入った竹筒を何本もぶらさげた君代。続けざまに拍子抜けする作太郎。

美琴　あ、玉乃先生！
玉乃　まさか、あなた、天津の……？
美琴　（うなずいて）袁美琴です。先生から三年間、日本語を教えていただきました。
玉乃　主人から聞いてはいたけど……まあ、こんなに大きくなっちゃって！
美琴　先生は十五年前とちっとも変わってませんね。

玉乃と美琴、手を取り合って、「夢の街　天津」を歌う。

川に沿う屋根の波
水の都のテンシン
住むひともおだやかで
いつも笑顔のテンシン

八月の川遊びは
たのしいなテンシン
お空にお月さまが
かかるまであそぶよテンシン

そうよ　あの街　夢の街
旅に出るたび　思い出す
あの水しぶき

いつかは帰る　あの街へ
あの街へテンシン
テンシン　テンシン

一月の川遊びは
たのしいなテンシン
おそりにまたがって
どこまでも行くよテンシン

そうよ　あの街　夢の街
夢の街　テンシン　テンシン
テンシン　テンシン

ピアノの間奏の上に、

君代　姉さんの教え子さんだったのね。（美琴に）妹の君代です。よろしく。

美琴　こちらこそ。お姉さまは、とってもいい先生でした。ですから、生徒さんがたくさんいました。
玉乃　あのころの天津の日本語熱はすごかったものね。
美琴　このごろはだれも日本語に見向きもしません。
二人　（顔を見合わせる）……。
美琴　でも、わたしはずーっと日本語のお勉強をつづけていました。
玉乃　ありがとう。
美琴　日本語を忘れると、先生のことまで忘れてしまいそうな気がして、それで……、
玉乃　ありがとう。

三人、「夢の街　天津」を歌う。歌う内に動き出す。

川に沿う屋根の波
水の都のテンシン
住むひともおだやかで
いつも笑顔のテンシン

八月の川遊びは
たのしいなテンシン
お空にお月さまが
かかるまであそぶよテンシン

そうよ　あの街　夢の街
旅に出るたび　思い出す
あの水しぶき

美琴　先輩！
作太郎　……！

作太郎、美琴に摑まれて三人の動きの中へ引きずりこまれる。

いつかは帰る　あの街へ

あの街へテンシン
テンシン　テンシン

一月の川遊びは
たのしいなテンシン
おそりにまたがって
どこまでも行くよテンシン

そうよ　あの街　夢の街
夢の街　テンシン　テンシン
テンシン　テンシン

三人の動きに翻弄されてボロボロの作太郎、足を踏みならして、

作太郎　どうして、吉野がこないんだ！

三人、びっくりする。

作太郎　どうして用のないやつばかりが、つぎつぎにやってくるんだ！
君代　（美琴に）なんだか怒っているみたいよ。
玉乃　（美琴に）お手伝いの学生さんなんでしょ。
美琴　（首を傾げながら作太郎に）先輩……。
作太郎　うるさい。貴様は最初からうるさい。

作太郎、斬奸状と短刀を取り出しながら、ぴたりと正座。

作太郎　吉野博士と刺し違えて死ぬ。わたしはそのために、ここへきたのだ。博士はどこだ。

君代は竦み、美琴はとっさに身構える。玉乃は二人を制して、

玉乃　吉野の妻です。

作太郎　……おお？

玉乃　吉野の運命はわたしの運命です。吉野に代わって、わたしが御用件をうけたまわりましょう。

作太郎　この斬奸状を読め。

美琴　（玉乃のうしろから顔を出して）ザンカン……ジョウ？　どういう意味なんですか。

作太郎　悪人を叩き切る理由を書いた書状のことだ。

美琴　先輩、先生は悪人じゃないよ。

作太郎　先輩、先輩と気やすく云うな。

玉乃　（美琴を制して、作太郎に）お読みなさい。

作太郎　……またか。

玉乃　（ピシッと）どうぞ。

作太郎、斬奸状を読み上げる。

作太郎　「われら浪人会《ろうにんかい》は、吉野博士のいわゆる民本主義《みんぽんしゅぎ》、すなわち〈政治は、国民の考えにもとづいて行なわれるべき〉とする危険思想に天誅を加えるため、先ごろ、立会演説会を設けて、博士の思想を木っ端微塵に打ち砕こうとした。民本主義は、天皇、親しくまつりごとを見たもうとするわが国の美徳に反するばかりか、善良な庶民を惑わす邪説であり、これを論破するのは日本男児の務めと考えたからに外ならない。しかるに、立会演説会の当日、わが方の五人の弁士、折り悪《あ》しく揃って体調を崩し、博士の猪口《ちょこ》才《ざい》な論法に、あたかも組み敷かれたかのように見えたのは遺憾千万、残念至極であった。それ以後、われら一同、再挑戦の機会をうかがっていたが、このたび博士が、東京帝国大学学生数十名を動員し、九月一日の大地震における朝鮮人虐殺の調査を始めたと聞き、ここについに博士をこの世から取りのぞこうと決心をした。もちろん、人の命を一つ殺《あや》める以上、余《よ》にも死ぬ覚悟はある。大正十二年九月十日。浪人会青年部幹部　美和作太郎」（堂々と読み納め、三人を見渡して）どうだ。

玉乃　それで、その先は？

作太郎　……？

玉乃　そういう書状にはたいてい辞世の和歌か俳句、でなければ漢詩が付いているはずですよ。（斬奸状を覗こうとする）あるんでしょう。

作太郎　（愕然として隠す）……！

玉乃　地震で気を高ぶらせた日本人が大勢の朝鮮人にひどいことをした、これはだれもが知っていることでしょう。わたしも、すぐそこの市街電車の停留所で現場を見かけました。みんなが棒を振り上げて「殺してしまえ」と怒鳴りながら……（一瞬、顔を覆って）……何人の朝鮮人がそんなひどい目にあったのか、それを調べてはいけないなんて……なぜですか。

作太郎　……吉野博士はかならずその調査結果を天下に公表する。

玉乃　（うなずいて）そのために調査を始めたんですよ。

作太郎　国の恥を満天下にさらしてはいけないのだ！

玉乃　わたしも日本人の一人……だから恥ずかしい。でも、実際にひどいことをした以上は、その恥と真っ正面から向かい合うしかないじゃありませんか。

作太郎　……だまれ！

玉乃　いいこともよくないことも、全部、はっきりさせる。そうしながら少しずつ前へ進むしかありませんよ。

作太郎　女には分からん！

ギラリ！　作太郎、短刀を引き抜いて、玉乃に突きつける。

作太郎　博士に会わせろ。

飛び出そうとする美琴を玉乃が制して、

玉乃　……わかりました。吉野はいま、東大赤門前の、呑喜《のんき》という行きつけのおでん屋におります。

作太郎　真っ昼間から呑んでいるのか。

玉乃　吉野は大学の図書館の復旧委員を仰せつかって、その呑喜の座敷を借りて会議をしているんです。こんどの地震で会議用のお部屋がみんな潰れてしまいましたからね。

作太郎　呑喜は遠いのか。

玉乃　ですから赤門の前……そう、辞世の句を一句か二句、お案じになるのにちょうどいいぐらいのところ。その物騒なものは、どうぞ、鞘にお納めを。(君代と美琴に）ちょっと行ってきますからね。

作太郎　（パチンと鞘に納めながら美琴に）遠くから訪ねてきたのに、飛んだ無駄足だったな。エ、後輩よ。

作太郎に押し出されるようにして玉乃が出て行く。

美琴　(追いかけて)……玉乃先生!
君代　(止めて)麦茶、いかが。
美琴　(怒って)あなた、ほんとうに姉の妹ですか。
君代　姉はなれっこなの。
美琴　……なれっこ?
君代　(うなずいて)赤門の守衛さんに「この人をよろしく」って預けてくる計略よ。たぶんそうよ。ああいう人たちがしょっちゅう押しかけてくるから扱いなれているのね。
美琴　……玉乃先生って、すごいな。
君代　(麦茶を入れながら)たしかに、姉はよくやるわね。というのも、作造先生が新事業を始める名人だから、よくやるしかないんだけど……、
美琴　……新事業?

君代　（指折り数えて）お金のない産婦《さんぷ》さんのための産院、身寄り頼りのないお子さんのための保育所、お医者にかかれない病人のための病院、仕事の元手のない人のための相互金庫、手に職のない娘さんのための職業学校……まだまだあるけど、とにかく、そういう施設や団体をつぎつぎに作っては、理事だの理事長だのをつとめている。そしてたいていどこも赤字なのよ。

美琴　その赤字、まさか、先生が……、

君代　（うなずいて）そこで作造先生は新聞雑誌に書きまくる。でもまだ足りない。横浜の造船所の社長さんが毎月決まった額を寄付してくださるから、今のところなんとかなっているようだけど、姉はそのやりくりでたいへん……ただ、なんとかやり果《おお》せているところをみると、たしかに、姉はよくやってる。

美琴　もしかしたら、吉野先生は病気だな。

君代　（驚いて）姉も同じことを云ってたわよ。「うちの先生は、日本にもうすでになければならないのに、まだないものを一人でやろうとする病にかかっているのよ」って。うれしそうに云ってるところをみると、姉にも病気がうつっているんでしょうけどね。

美琴　（噛みしめるように）日本にもうすでになければならないのに、まだないものを一人でやろうとする病気……。

君代　（うなずいて）その病気の症状をはっきり見たければ、作造先生のところへいらっしゃい。地震で住むところがなくなった人を片っ端から引き取るものだから、居候さんがもう二十人もいるのよ。

美琴　……！

君代　とうとう自分の寝るところがなくなって、昨夜はうちへ泊まったぐらい。

美琴　（心細くなって）わたしで二十一人目か。

君代　潜り込む隙間がないようなら、うちへいらっしゃい。

美琴　……ありがとう。

作造と信次が、いきなり入ってくる。

作造　こんどの大地震と大火災が天の助けだというのか。ばかも休み休みいうものだぞ。

信次　だから、ゆうべも寝しなに説明したでしょう。いまこそ、霞が関にすべての官庁を集中させる絶好の機会なんですよ。築地から農商務省を、竹橋から文部省を、麹町と大手町に分散している大蔵省を霞が関に持ってくる。各官庁が一つところに集まれば、これまで以上のものすごい力を持つことになる。

作造 その前にすべきことがあるはずだ。なによりもまず被災者の救済……、

信次 （さえぎって）ふだんであれば土地を持つ者の欲がからむ、当の役所にもわからず屋が多い。そのために世の中が無事のときに官庁を一つところに集めるのは難事業ですが、こんどのような大災害に遭うと、命があったのが見つけものと思うから、だれもかれもが無心になる。そこが天の助けなんですよ。ぼくらはやりますよ。

作造 火事場泥棒の手口だな。

信次 （聞いていない）わが法の網の製造元もひどいやられようですね。

作造 ……法の網の製造元？

信次 （うなずいて）日本一の官吏養成所の別名ですよ。ぼくはこの東京帝国大学の復興担当官でもありますから、どんと予算をつけましょう。

作造 あっぱれな官僚ぶりだよ。

信次から顔をそむけると、そこに、早く自分に気づいてほしいと願っていた美琴がいる。

美琴　先生……。

作造　やあ、出てきていたのか。

美琴　（大きくうなずいて）天津から、たったいま……！

作造、いきなり「夢の街　天津」の途中から歌い出し、美琴がすぐ従う。そのあいだに、驚いている信次に君代が身振り手振りで、美琴について知っていることを伝える。

……そうよ　あの街　夢の街
旅に出るたび　思い出す
あの水しぶき

いつかは帰る　あの街へ
あの街へテンシン
テンシン　テンシン

一月の川遊びは
たのしいなテンシン
おそりにまたがって
どこまでも行くよテンシン

そうよ　あの街　夢の街
夢の街　テンシン　テンシン……

信次の大声。

信次　短刀だって？
君代　そう、その男は、姉さんに短刀をこう突きつけて、作造先生のいるおでん屋の呑喜とやらへ案内しろと凄みに凄んで……、
信次　（ドアへ突進）すぐに警視総監に電話だ。
君代　（止めて）そう騒ぎ立てることはなさそうよ。
信次　どうしてだ？

君代　義兄さんが笑っているもの。
作造　そのかわいそうな男は、いまごろ赤門の守衛さんにこってり絞られている最中じゃないかな。相手の云いなりになると見せておいて、そのまま交番や守衛所にご案内するというのは、うちの玉乃の得意芸なんだ。
信次　それならいいんですが……。

君代、美琴に「ほらね」と目顔で云い、美琴も目顔で「やっぱりそうですね」。

作造　（美琴に）弟の信次……ま、偉くなりかかっている役人だよ。（信次に）天津からきた袁美琴くん。七年前、北京に三ヵ月間だけ、洪憲《こうけん》王朝というものが成立したことがあって……、
信次　皇帝の座についたのは、たしか袁世凱でしたね。
作造　その十八番目のお嬢さん。
信次　……十八番目？
美琴　（君代にもかけて）父には八人の奥さんがいました。わたしはその第四副夫人の娘です。父には、四つのときに一度、抱いてもらっただけ……。だからって云うわ

けではありませんが、父はまちがっていました。
作造　ほう、なぜそう思うのだね。
美琴　皇帝の座、父はそれを軍隊の力とお金の力で手に入れられると信じた。武力と財力で国を一つにまとめられると過信していました。それが父の過ちです。
信次　では、国を一つにまとめることができるのは、いったいどんな力なんですかな。
美琴　それが教わりたくて、天津からやってきました。
作造　天津からずいぶん重い荷物を担いできたみたいだねえ。よろしい、いっしょに考えてみよう。
美琴　お願いします。
玉乃　みなさん、お腹が空いたでしょう。

玉乃が入ってきて、さっそく風呂敷包みを解き始める。

玉乃　お昼にしましょうね。
君代　姉さん、あの人をどうしたの？
玉乃　ああ、あの作太郎さんなら、正門の守衛さんにきちんとお預けしてきましたよ。

君代　（美琴に）ほらね。
美琴　すごいなあ。
作造　（玉乃の肩に手をのせて）いつもすまないねえ。
玉乃　（にっこりして）あなたのお好きな海苔のおにぎりですよ。

重箱からの海苔の匂いをいっぱいに吸い込んだみんなの気持が唄（「海苔のおにぎり」）になる。

まごころこめた
手のひらで
塩でにぎった
海苔のおにぎり

海苔はくろぐろ
梅あかく
ご飯のしろい

海苔のおにぎり

いざや　一つずつくわん
いざや　よく嚙んでくわん
いざや　お茶とともにくわん
いざや　ありがたくくわん　おう！

まごころこめた
手のひらで
塩でにぎった
海苔のおにぎり

海苔はくろぐろ
梅あかく
ご飯のしろい
海苔のおにぎり

ピアノの上に、

美琴　先生、わたしたちの国では今、国民党と共産党が握手をして、国を一つにまとめようとしています。でも、わたしたちの国は一つになれるでしょうか。
作造　そりゃなれるとも。ごらん、おにぎりは、芯に据えた梅干しをもとに一つになっているね。これだよ。
美琴　……はい？
作造　国もおにぎりと似ている。なにを芯にして一つになるのか、そこが大切なんだよ。
美琴　……はあ。

おにぎりをかじりながら、美琴は考える。

いざや　一つずつくわん
いざや　よく嚙んでくわん

いざや　お茶とともにくわん
いざや　ありがたくくわん　おう！

まごころこめた
手のひらで
塩でにぎった
海苔のおにぎり

海苔はくろぐろ
梅あかく
ご飯のしろい
海苔のおにぎり

唄が終わると同時に、

美琴　民族です、先生！

玉乃と君代、「なるほどそうか」という表情。

美琴　民族がもとになるんですよね。わたしたちの国は漢民族をもとにして一つになればいいんだわ。

信次　（うなずいて）いっこくも早く満洲族を追い出して、漢民族一本におなりなさい。そうすればひとりでに国は成《な》る。

作造　ちがうな。民族も種族も、国のもとにはならない。

信次　（語気鋭く）わが国は大和民族で一国を形成しています。

作造　ちがう。

信次　……それがたとえ実の兄であれ、国の成り立ちに否《いな》を唱える者を、ぼくは許しません。

作造　弟は大切だ、しかし、真理もまた大事だからいうが、たとえば、ドイツとフランス。どちらもゲルマン系とケルト系の混血というところは共通しているが、さらにそこへスラブ系が入ってドイツになったり、イベリア系が入ってフランスになったりする。世界のどこを探しても純血な民族など存在しない。わが国もまたしかり。

信次　おやめなさい！

作造　（かまわずに）シベリアから、満洲から、朝鮮から、アイヌの地から、そして南方の島々から、そのほかいろいろなところから来た人びとが、長いあいだここで暮らしている。日本人はその混合体なんだ。したがって、民族や種族をもとに、国はつくれない。

信次　（絶望して）兄さん……！

だれも気づいていないが、ドアがゆっくりと開いて行く。

君代　そうだわ、ことばよ。ことばは国のもとになるでしょう？

信次　（力づけられて）国語を話すから日本人、それで決まりだ。

作造　ちがう。英語を話すからといって、イギリス、アメリカ、オーストラリア、ニュージーランドが一つの国か。

信次　屁理屈ばっかり！

作造　あべこべにスイスには三つも四つもちがうことばがあるのに、それでも一つの国だ。それからカナダ、たしかあそこは英語とフランス語を使っている。このように、ことばもまた国のもとにはならない。

信次　（小声）非国民！

作造　屁理屈とか、非国民とか、そんな中身のないことばで議論を封じ込めようとするのは卑劣な行為だぞ。

信次　ぼくが卑劣？

作造　その上に卑怯、恥ずべきだ。

信次　（思わず）黙れ！

作造　……信次。

信次　……。

兄おとうとの議論に出そびれていた作太郎、駆け込む。

作太郎　いらざる問答はもう無用にするがいい！　この日の本の国を一つに束ねているのは、国家《こっか》神道《しんとう》、と決まっているのだからな。

五人、一瞬、呆然。

作太郎　ついに、そのときは来た。吉野博士、覚悟はよいな。
玉乃　さきほどは急ぎの用で途中で失礼いたしましたが、あのあとどうなさいましたか。
作太郎　（うらめしそうに見てから）守衛どもが一斉に昼の弁当を使い出した。
玉乃　そのすきに？
作太郎　いったんは外へ逃れ、根津の方からまた入ってきたのだ。
玉乃　それはそれは。
作太郎　（玉乃を押しのけ）吉野博士、国のもとになるのは宗教である、すめらみこといを大神主《だいかんぬし》にいただく国家神道である。まいったか。
作造　すると、明治以前の日本は、国ではなかったのだろうか。
作太郎　なに？
作造　国家神道ができたのは明治になってからだが。
作太郎　（詰まって唸る）……！
作造　宗教が国のもとというなら、イランもイラクもトルコもイエメンも、コーランの教えのもとに、一つの国になっていてよいはずだが、そうはなっていない。したがって、宗教も国のもとにはならない。帰りたまえ。勉強しなおして、またきなさい。

作太郎　……うぬ、すめらみくにに、、、、、仇《あだ》をなすこの国賊め、天誅を加えてやる！

作太郎、両手を鷲手にしてジリジリと作造に寄る。

玉乃　あれ（短刀）は、どうなさいましたか。

作太郎　守衛どもに……預けてある。

玉乃　それならこれをどうぞ。

右手におにぎりを持たせる。

作太郎　……？

玉乃　さきほどあなたの前を赤門に向かって歩いているとき、うしろでお腹の鳴る音が聞こえたような気がしました。

作太郎　（かすかに恥じて）この日のために、じつは一昨日から、うがいをして身をきよめ、水垢離《みずごり》を七度も取っては食を断ち……（ハッと気づいて）この日の本の国は、かつて豊葦原瑞穂国《とよあしはらのみずほのくに》と呼ばれていたのではなかったか。すなわち、みずみずしい稲穂のみのる国……！

おにぎりを掲げて、そして、かぶりつきながら、

作太郎　このコメの文化が国のもとなのだ。

作造　いや、文化も文明も、国のもとにはなりえないだろうよ。

作太郎　（なにかいっているが）モグモグ……。

作造　ライスカレーをたべるから、日本とインドを一つの国にしようとしても、ムリだろうね。

作太郎　（のどに閊えて）クックッ……。

作造　蒸気機関車が走っているから、日本とイギリスを一つの国にしようとしても、やはりムリがある。

作太郎　（しゃっくり）ヒクヒク……。

美琴が湯呑みを、君代がお茶を持ってきてやる。

美琴　わかった。答えは歴史ですね。歴史が国のもとになるんでしょう。

作造　先ごろの大地震で東京横浜のほとんどが壊滅した。いずれ歴史年表にゴチック文字で書かれるにちがいない歴史的大事件だ。だからといって、たとえば、横浜で被害にあったイギリス人が、歴史的事件をともに経験したというだけで日本人になるだろうか。

美琴　じゃあ先生は、なにが国のもとになるとおっしゃるんですか。

作太郎　(口がきけるようになり)もう、はっきりしてください。

君代　民族、ことば、宗教、文化、歴史……全部だめ。ほかになにがあるの?

作造　ここでともに生活しようという意志だな。

信次、「うん?」となる。

作造　ここでともによりよい生活をめざそうという願い、それが国のもとになる。

美琴　……あの、よく判りません。

作造　そして、人びとのその意志と願いを文章にまとめたものが、憲法なんだ。

信次、硬直する。

美琴　（頭に刻み込む）ここでともに生活しようという意志、ここでともによりよい生活をめざそうという願い……、

作造　（うなずいて）美琴くん、きみたち大陸の人たちが、その二つをめざして一つになったとき、そこに初めてきみたちの国、新しいチャイナが成立する。ぼくはそう信じているよ。

美琴の顔が次第に輝いてくる。それにつれて、信次は石像になる。

作太郎　（美琴に）もう一杯お茶を所望したい。

美琴　あ……はい。

作太郎　どうも。……きみを先輩と呼びたい気分になってきたな。

美琴　……わたしが先輩？

作太郎　（うなずいて）まず、きみの先生について弁論術を学ぶ。そしてそれから、きみの先生に改めて論争を挑む。そういう気分になりかかっているというのだ。

美琴　（短刀で刺す仕草）これはやめたの？

作太郎　……当分は。

ほっと和んだ空気を引き裂いて、信次がドアへ行き、振り返って、

信次　君代、これ以上、ここにいては危険だ。帰ろう。

君代　おにぎりがまだのこってる。

信次　（改まって）万世一系《ばんせいいっけい》の神聖にして侵《おか》すべからざる巨《おお》きな存在から下しおかれた憲法、その憲法にたいし、きみの義兄は不敬をはたらいている。それが判らないのか。

君代　きみの義兄？　へんな言い方なさるのね。

信次　帰るんだ。

君代　いまのはただのお講義でしょう。

信次　その内容は大逆罪《たいぎゃくざい》に相当する。

作太郎、硬直する。

作造　待てよ、信次。憲法の原理を説いて、なぜ大逆罪なんだ。ましてやここは学問の府、どんな議論も許されるはずだよ。

信次　国家の官僚としてとうてい聞き逃すことのできない話を耳にしました。しかし、密告はしません。それが、弟としての最後の友情、と思うからです。

信次、さっと出て行く。君代、作造や玉乃に目顔で「さよなら」を告げて、そのあとを追う。

作造　弟として最後の……どういう意味だ。

玉乃　あなたが、うーんと遠いところ、怖いところへ行ってしまった。だから……。

作造　……縁を切る？

玉乃の悲しいうなずきに、作造、暗然となる。

四　寝言くらべ

九年後の昭和七年（一九三二）十二月十七日（土）の夜。箱根湯本温泉の小川屋旅館。松の疎林の中に、八室並べた別館の、真ん中あたりの座敷。

机の前に正座、決裁書を睨んでから、しっかり決裁印を捺《お》す背広姿の信次。凝《こ》っているのか、ひんぱんに右肩をピクピクさせる。机上の未決書類は、まだかなりのこっている。

その横に洋装の君代。息を吹きかけて朱肉を乾かし、かたわらの黒の大鞄にていねいに入れている。

君代（腕時計を見て）ちょうど九時。

信次（決裁に集中している）……。

君代　お湯に入る約束だったでしょ。
信次　（集中している）……お茶。
君代　（お茶を淹れてやりながら）せっかく箱根の湯本にきたというのに、わたしたちときたら、まだ着いたときのままの格好……。
信次　（茶をすすりながら肩をピクピク）……。
君代　ほらほら……決裁印の捺しつづけで肩がこるからって、この小川屋旅館へ出かけてきたんじゃなかった？　くどいようだけど、ここのお湯は肩こりと衰弱症に、とてもよく効くんだそうよ。
信次　（書類を睨みながら）いまは来年度の予算編成の真っ最中なんだ。あさって月曜の朝（視線で書類と鞄をぐるりと示して）一件のこらず決裁して文書課長に渡さないと、次官の役が果たせなくなる。
君代　明日もありますよ。
信次　（印を置いて）肩をたのむ。
君代　（肩を叩いてやりながら）夕御飯のあとで、このまわりをちょっと歩いてみたのよ。この別館のお座敷は横一列に八つね。ふさがっているのは、一番奥（上手）と、本館からの廊下を通ってすぐのお座敷（下手）の二つだけ。あとはわたしたちと、……（言い損ないに気づいて）廊下の途中を左に曲がると、かわいらしくて、きれいな浴場があった。この時間なら、だれも入っていないはずよ。

信次　もういい。ありがとう。（書類を睨みながら）ばかばかしいと思うかい。

君代　せっかく温泉にきておいて、いつまでもお湯に入らないって、どちらかといえば、ばかばかしいわね。

信次　このハンコ捺しのことをいっている。次官といえば官僚のトップだろう。ところが、その商工次官が朝から晩までハンコ捺しをしている。ばかばかしいといえば、こんなばかばかしいことはない。（また仕事に戻って）ところが、わたしがこうやってぽんとハンコを捺すと、そのたびに、揮発油《きはつゆ》や砂糖の値段が決まり、パルプ会社の合併が決まるんだ。

障子が少し開いて、玉乃の顔。君代、すっと立って廊下へ出る。

信次　つまり、このハンコには力がある。いわばこのハンコは国家そのもの。権力であり、法でもあるんだ。そう思えば、肩が凝るぐらいなんだというんだ（と、力一杯捺して）……いかん、隣の大臣の欄に捺しちまった。

さらに障子が開く。作造が後向きに入ってきながら、廊下の玉乃に、

作造　ここにはもう誰かいるよ。座敷がちがうんじゃないか。

信次、ハッとして見て、

信次　……兄さん。

作造　（振り返って）……信次じゃないか。

信次　（思わず）やせたなあ。

作造　（これも思わず）貫禄が出たなあ。

しかし、一瞬あとはもう睨み合い。

そしてすぐ、

信次　君代！

作造　玉乃！
信次　これはいったいどういうことなんだ。
作造　……まてよ、
信次　まさか、
作造　企んだな。
信次　タクシーを呼びなさい。
作造　小田原行きの最終電車にまだ間に合うはずだ。

玉乃と君代、「やっぱりだめだったか」という表情で入ってくる。

玉乃　おしずかに。
君代　ほかのお部屋に迷惑よ。
作造　（玉乃に）こいつは自分から兄弟の縁を切ったんだぞ。
信次　（君代に）おたがい赤の他人同士なんだ。
作造　（君代に）男の兄弟というものは、いったん縁が切れたら、それでもうおしまいなのだ。

信次　（玉乃に）姉といもうととは、わけがちがうんです。
玉乃　（信次に）どうぞお坐りください。
君代　（作造に）五分間だけ話をきいて。おねがいです。

兄おとうと、ブツブツいいながら、座敷の端と端に、できるだけ距離を空けて坐る。

玉乃　この二泊旅行……筋書きを書いたのは、たしかにわたしたちです。

なにか叫びそうな兄おとうとを、姉いもうとが抑えて、

君代　（信次に改まって）この八、九年、よく寝言をおっしゃるようになりましたね。
信次　うそだろう。そんな趣味があるもんか。
君代　菊丸、花香《はなか》、珠音《たまね》、どなたも、あなたがかわいがっておいでの芸者さんでしょう。
信次　……だ、だれから聞いた。
君代　寝言で白状なさったの。

信次　……！
君代　でも、あなたの寝言の断然トップは、お兄さんについてなのよ。
信次　……うそだろう。

君代が持ち出す小さな手帖。

君代　あなたの寝言帖。数えてみたら、この九年間に五十三回、あなたはお兄さんのことを寝言でおっしゃっている。
信次　（呆然）……。
作造　ありがたいお話だな。
玉乃　これはあなたの寝言帖。
作造　（仰天）なに？

玉乃の手にも小さな手帖。

玉乃　あなたも、信次さんのことを寝言でよくおっしゃるのよ。わたしが聞いただけでも、この九年間に三十八回ですよ。
作造　……！
信次　示し合わせていたんだな。
作造　なんという姉妹だろう。
信次　……スパイ。

玉乃と君代、「妻の思い」を懸命に連ねる。

玉乃　ついこないだ、電話でおしゃべりしてたとき、初めてわかったんです、二人とも、だんなさまの寝言を手帖につけているって。
君代　それまでは、世の中にこれほど仲の悪い兄弟はない、世の中の見方がちがうと、ここまで縁が薄くなるものかと諦めてたの。
玉乃　でも、眠ってしまえば、いびきをかきながらでも、兄は弟を気づかっている。
君代　よだれをたらしながらでも、弟は兄を想っている。
二人　寝言でそれがわかったんです。
君代　どちらも頭がよすぎて、

玉乃　いつも銀時計にしばられている。
君代　どちらも外からどう見えるかが心配で、
玉乃　いつもことばの硬い鎧を着ている。
君代　どちらも誇り高いばっかりに、
玉乃　いつも素直になれずにいる。
二人　頭でっかちの、なんて不幸な兄弟でしょう。
玉乃　でも、眠りに落ちれば、まだ兄弟らしいところがのこっている、
君代　だったら目が覚めてからも兄弟でいられるようにしてあげたい。
二人　でも、どうやって……？
玉乃　妹が、信次さんの商工次官就任の記事の載《の》った新聞に、この小川屋旅館のチラシが入っていたのを思い出してくれました。
君代　信次さんはハンコの捺しすぎで肩をこらせている、
玉乃　うちの先生は、病み上がりで体がまだ衰弱している、
君代　小川屋旅館のお湯はどちらにも効く、
玉乃　べつべつにここへ誘い出したらどう？
君代　一つ座敷で休ませてあげたらどう？

玉乃　これが、この二泊旅行の筋書きです。
君代　二人で作戦、立てたのよ。
玉乃　出すぎたことをしているかもしれません。でも、わたしたちの気持も、少しは汲んでやってください。
君代　おねがいよ。

ちょっとの間。

作造　きみたちから、いくつか批判を浴びたが、いまはあえて反論はしない。しかし（弟とちがって）わたしは、銀時計にこだわって生きてきたつもりはこれっぽっちもないぞ。
信次　ことばの鎧を着ているだなんて飛んでもない言い掛りだ。（兄とちがって）これまで無口の信ちゃんで押し通してきたんだ。いまもあだ名は無口次官なんだからね。

また理屈をこねだしたので、玉乃、君代に目配せ。

君代　（手帖を読む）「兄さん、もったいない。なんてばかなことを……兄さん！」。震災の翌年の正月三日から一週間ぶっつづけの寝言よ。

玉乃　震災の翌年……そう、それまでお金を寄付してくださっていた横浜の造船所が震災でつぶれて、そこで、うちの先生は、帝大の先生から朝日の編集顧問へ仕事を替えた。そのときの寝言ね。

君代　そう。

作造　（主に君代に向けて）朝日新聞はそれまでの三倍の給料を払うというんだ。一万二千円の年俸だ。それぐらいあれば、なんとか慈善病院をつぶさずにすむ。

信次　（つい云ってしまう）もったいない！

作造　……なに？

信次　なんてばかなことを。

作造　……ばかだと。

信次　東京帝大教授の椅子を捨てるなんて、ばかのやることだと云っている。ばかも行き止まりですな。

作造　（ムッ）……当時のわたしたちは、七百を超える入院・通院患者と、十三名の赤ちゃんと、四十六名の孤児を預かっていた。責任はすこぶる重い。その責任を放り出すことができるか。（唸るように）できない！

祈るように兄おとうとを見ている姉いもうと。

信次　身のほどを知りなさい。
作造　……身のほどだと。
信次　自分の限界のことです。
作造　限界は、努力とまごころがあれば、少しは拡げられるはずだ。
信次　おいくつですか。
作造　五十五。それがどうかしたか。
信次　五十をすぎての理想論は、すべて幼稚な空論にすぎない。
作造　（ムッ）おまえはいくつだ。
信次　十ちがいの四十五。
作造　四十すぎてもハンコ捺しをうれしがっているやつに、わたしの生き方をウンヌンされてたまるか。
信次　（ムッ）わたしのハンコはただのハンコじゃない。

作造　どんなハンコなんだ。
信次　日本を動かす力がある。
作造　悪い方へ動かす力か。
信次　（ムッ、ムッ）兄さん！

そのとき、障子が遠慮がちにそっと開いて、石川太吉《たきち》（三十五）が顔を出す。

太吉　エー、わたしは石川太吉といいまして、深川でオモチャ工場をやっている者でございますが……。

太吉、客用着物に半天で、廊下の下手ぎりぎりのところに正座している。

太吉　慰安旅行というほどのものではありませんが、従業員三人と（下手を指し）廊下から入ってすぐの座敷で休んでいるところでして……、

玉乃と君代、ハッと気づいて、

玉乃　ごめんなさい。
君代　やかましかったでしょう。
太吉　やかましい、というほどじゃございません。向う三軒両隣、やかましい音を立てる工場ばっかりですから、耳が丈夫にできております。ただ、明日は朝一番で帰らねばならなくなって、それで、八時前に早寝をしてしまいましたので……。
玉乃　これからは静かにいたします。
太吉　いえいえ、お話がたいへんに盛り上がっておいでのご様子、まことに結構でございます。ただ、できればもう少しお声を抑えて盛り上がっていただければよろしいので……では、おやすみなさいまし。
玉乃・君代　おやすみなさい。
作造　石川さんとおっしゃいましたな。
太吉　……はい？
作造　従業員のみなさんやご近所に、病気でお困りの方はおいでかな。
太吉　（ちょっと考えてから）おかげさまで、みんな元気にやっておりますが……お医者さまですか？

作造　そうではありませんが、まさかのときは、錦糸町の賛育会《さんいくかい》病院へいらっしゃるといい。親切に診てくれるし、料金は日本一安い。
太吉　うちはブリキでオモチャをつくりますので指を切るのはしょっちゅうですし、ときにはブリキが跳ねて顔や首をやられたりするときがありますから、ぜひ、その錦糸町の……、
作造　賛育会病院ですよ。
太吉　いいことをうかがいました。では、おやすみなさいまし。
作造　そうだ。今年二月の総選挙で、どの党に投票しましたか。
太吉　トーヒョー……はてな。
作造　普通選挙法が実施されてから今年二月まで、三回、総選挙があったわけでしょう。
太吉　それはそれは。
作造　投票はしましたか。
太吉　（半ば口の中で）トーヒョー、トーヒョー、トーヒョーと……
作造　（泣きそうな声で）二十五歳以上の男子であればだれでも、帝国議会に自分たちの代表を送り込むことができる。おわかりですか。四年前から、投票によって自分

たちの抱いた「なぜ」を、議会に注ぎ込むことができるようになったんですよ。

太吉　それはようございましたなあ。

作造　……！

はらはらしながら見守っていた玉乃と君代が飛んで行き、

玉乃　ほんとうにおやかましゅうございました。おやすみなさいまし。

君代　いい夢をごらんくださいまし。

太吉　……！

玉乃、呆然としている太吉を、君代と二人で廊下下手のかなりのところまで送って行き、次の信次と作造の対話のあいだに戻って、障子を閉める。

信次　忠告。他人にいきなり、あのような政治的な質問をすべきではない。

作造　わたし流の世論調査の一種なんだがね。

信次　特高刑事だったらどうするんですか。とにかく、兄さんは無警戒に喋りすぎる。

君代　（ハッとなって）いまのことば、あなた寝言でいってらしてよ。

君代、寝言帖をめくる。

君代　……これよ、これ。作造先生が朝日新聞社を五ヵ月で退職なさったという記事を読んだあなたは、その夜、（読む）「口が軽すぎる。兄さん、あんまり無警戒すぎるよ」、

信次　そう、その寝言はまったく正しい。どこかの講演会で、こともあろうに兄さんは、「天子様と国家に対する忠義は時代おくれだ」としゃべってしまった。これはもうムチャクチャな暴言だ。たちまち非《ひ》難囂囂《なんごうごう》。朝日が兄さんを庇い切れなくなったのは当然、なによりもよく右翼から刺されなかったものだ。

玉乃　（うなずいて）短刀かざした黒い影が主人にすうっと忍び寄って行く夢……毎晩うなされていました。たしかに、朝日からの一万二千円が不意に消えたのもつらかったけど、あの夢にくらべたら、なんてことはありません。

作造　悪い夫を引き当ててしまったな。

玉乃　でも、あなたは偉かった。あれからずうっとペン先一本で病院や産院を支えて

いらっしゃるんですものね。

作造　忠義とはなにか！

信次　忠義は時代おくれ、あれを撤回したら、兄さんはもっと偉いんだがな、尊敬に値するんだがなあ。

あまりの大声なので、玉乃と君代が「シーッ」と制する。

作造　（抑えて）忠義とは、江戸時代に完成した考えで、〈まごころ尽くして徳川家に仕える〉というのが、その意味だ。

信次　まごころ尽くして徳川家に仕える？

作造　御用学者たちが、徳川家のために、このことばにそういう御大層な解釈を与えたわけだな。ところが、その徳川家を倒したはずの明治新政府が、このことばをこっそりくすねて、〈まごころこめて天皇に仕える〉と、そう横すべりさせてしまった。したがって、近代日本は江戸時代とさほど変わってない、仕える相手が変わっただけかもしれませんよと、あのときの講演会では、こうしゃべっただけだよ。それがなぜ……、

信次　近代日本は江戸時代と変わらない？　右翼はやはり刺すべきだった！
作造　意見のちがいを刃物で解決しようとするのはまちがいだといっているのだ！

玉乃と君代、抑えようとするが、作造と信次の「論戦」は白熱する。

信次　元禄時代に汽車が走っていたか！
作造　刃物でことばを消すことはできん！
信次　宝暦時代に地下鉄があったか！
作造　刃物よりはペンが強い！
信次　寛政に飛行機が飛んでいたか！
作造　話の筋道がちがうぞ！
信次　文化文政にデパートがあったか！
作造　そんなことを云っているのではない！
信次　天保にライスカレーがあったか！
お春　（外から）うるさい！
信次　うるさい？　兄さんこそ、ぼくのことばを封じようとしている！

作造　なにも云っていないぞ。

信次　……？

お春　これ以上、騒ぐようなら、容赦しないよ。

障子が開かれて、廊下の上手ぎわに、パジャマに旅館の半天を引っかけた「サロン春」のお春（三十二）が、くわえタバコで立っている。

お春　番頭を呼んで、表へ放り出しちまうからね。それでもいいのかい。

玉乃　おやかましゅうございました。

君代　おやすみなさいまし。

玉乃と君代が謝りながら障子を閉めようとするのを、ピタッと足で押さえ、

お春　はるばる大連《ダイレン》から、船と汽車を乗りついで、やっと何日ぶりかで布団の上で眠れると思ったらこれだもんね。いいかげんにしてくんない。

信次が灰皿を持って行く。

信次　大連の景気はいかがですかな。内地とちがって、悪くないはずだが。

お春　景気は上々。

信次　これからはもっとよくなる。

お春　……占い関係のひと？

信次　そうではないが、これからは満洲の時代だ。

お春　おかげで大連あたりは人手不足、それで人買いにきてるんだ。

「人買い」という禍禍《まがまが》しいことばに四人、一瞬、固くなる。

お春　今朝、夜行列車を静岡で降りて、集めておいてもらった娘っ子を三人、買い取って、やっと夕方、ここへ（上手奥を示して）着いたんだ。明日はあの子たちに東京見物をさせてやりたいし、あたしにも大事な大事な用がある。そいで、七時前から寝てたんだよ。それなのに、なんだい、あんたたちときたら、まったく……

作造　いましたしか、人買いと云われたようだが……。

お春　（うなずいて）糸繰《いとく》り工場《こうば》の、器量のいい女工さんを三人、大連へ連れて行くんだよ。

作造　人間を売ったり買ったりしていいのですか。

お春　みんな親に孝行したいんだよ。支度金五百円、その大金がそっくり親のふところに入るんだ。

作造　しかし、人身売買はいけない……。

お春　女はだれでも一つずつ、股倉《またぐら》に金箱《かねばこ》を持っているんだ。

作造　……股倉……金箱？

この間、下手の廊下に石川太吉が這うようにして現れ、お春の姿、その一挙手一投足を食いつくように観察している。そのうち、座敷の中まで這ってきて、お春を見る。

お春　あの三人の娘っ子にしても、そのうちに股倉をうまく使ってお店ぐらい持つはずよ。あたしがやったみたいにね。そして、しまいにはみんなしあわせになるんだ。

作造　それがほんとうのしあわせと云えるだろうか。

お春　宗教関係のひと？

作造　……いかがなものでしょうな、そういう考え方は。
信次　（お春に）堅苦しい性格のひとなんですよ、彼は。気にしちゃいけません。
お春　あんた、いい男だね。

パジャマのポケットから出したバカ派手なマッチをポンとほうる。

お春　大連にくることがあったら寄ってよ。
信次　（ラベルを読む）「大連市連鎖《れんさ》街《がい》内銀座通り　エロの殿堂サロン春」……。
お春　あたしがそこのマダムの石川お春さんてわけ。

太吉、ひっくり返らんばかりに驚く。

お春　それじゃ、あたしたちを静かに寝かしといてちょうだいね。それとも、いっしょにきて寝かしつけてくれる？

ニコッと笑って引き返そうとするお春に、太吉が全身から絞り出したような声で呼びかける。

太吉　……春子か？
お春　（振り向いて）……？
太吉　春子だろ。
お春　（半信半疑）ウソォ……
太吉　生まれは、静岡？
お春　大井川の川上《かわかみ》の山の中。
太吉　やっぱり……！
お春　兄さんね。

四人、びっくりしている。太吉とお春、少しずつ間を詰めて近寄りながら、

太吉　声、変わったな。
お春　酒とタバコとオトコのおかげ。
太吉　顔も変わった。

お春　パーマと美容整形のおかげね。
太吉　うちへ電報、くれたんだってな。
お春　今日の午後、静岡駅から打った。
太吉　かみさんがここへ電話してくれた。
お春　「アス　ユク　ヨロシク　ハルコ」
太吉　あす朝一番で帰るつもりでいたんだ。
お春　同じ宿に泊まっているなんてね。
玉乃　まあ、ご兄妹《きょうだい》だったんですか。
太吉　長いこと別れ別れになっていました。
お春　ちょうど九年ぶりね。
君代　よかったわね、おめでとう。
太吉　亡《な》きふた親の導きでしょう。
お春　兄さん！
太吉　春子！

二人、「逢いたかった」へ跳ぶ。

（お春）逢いたかったわ
（太吉）逢いたかったよ
（二人）なつかしい　わたしの
いもうと（お兄さん）
（太吉）いもうとだけを
（お春）兄さんだけを
（二人）想いつづけて　生きてきた　二人

（お春）元気そうね
（太吉）おかげさまでね
（二人）なつかしい　わたしの
いもうと（お兄さん）
これからは
これからは
年に一度は　どこかで　会おうよ

（この前後から、感動した玉乃と君代によるハミングコーラス）

むかし二人は貧しくて
山ほどつらい苦労をした
少しは利口に　ましになったよ
だからこれから　しあわせに
手紙も書くよ
はがきも書くよ
困ったときは助け合おうよ

夢じゃないよ
夢じゃないよ
なつかしい　わたしの
いもうと（お兄さん）
三度のごはん

きちんとたべて
火の用心　元気で　生きよう
きっとね

（薄くつなぐピアノの上に次の対話）

玉乃　（心から）ご苦労なさいましたねえ。

太吉　はい。ふた親を早くに亡くしてからは、二人とも親戚中を盥回しにされ、わたしは小学四年で、浅草のお団子屋さんへ奉公に出されました。

お春　わたしは小学三年で、静岡市の糸繰り工場の見習女工に売り飛ばされたわ。工《こう》場《ば》監督《かんとく》に股《もも》をさわられ、工場主《こうじょうぬし》に尻をなでられ、工場主のバカ息子に胸をいじられ、仲間はつぎつぎ胸の病気で死んで行った……それで、二十二のときに、友だち三人と語らって満洲へ逃げ出したわけよ。

太吉　そこで消息が切れたんだ。浅草の団子屋から根津のコンニャク屋、それから本所のブリキ工場、住所を転々とするたびに、村役場に葉書を出しておいたんだよ。おまえからいつ連絡があっても、兄さんの住所がわかるようにね。

お春　葉書を書くひまもなかった。なにせ八年間に三度もオトコに騙されちゃって、バタバタしてたからね。
太吉　かわいそうに。
お春　わたしもオトコを四度、騙して四勝三敗、いまは大連でカフェをやってるのよ。
太吉　よかった。
お春　そいで兄さんは？
太吉　深川のブリキ工場の、いちおう社長……。
お春　（目頭を抑えて）えらいねえ。
太吉　おまえも……えらい。
お春　役場もえらい。ためしに村役場に電話を入れたら、兄さんの住所を教えてくれたんだよ。生まれて初めてよ、役場に親切にされたのは。
太吉　役場もえらいなあ。

改めて手を取り合う兄と妹。

君代　お二人とも、がんばったのねえ。

お春　そのときそのときその場その場で命がけ。それだけのことさ。
太吉　貧乏人には、それしか生きて行く手がないんだよ。
お春　だよね。

いっそう堅く手を取り合う二人に、玉乃と君代が歌いかける。

二人　逢ってよかった
逢ってよかった……

お春と太吉も、もちろん加わって、

なつかしい　わたしの
いもうと（お兄さん）
三度のごはん
きちんとたべて
火の用心　元気で　生きよう

きっとね

四人の唄、完璧にきまる、が、作造と信次が、なぜか突然、歌い出す。

ピアノが慌てて後を追う。

二人　（一回目は不揃い）

……三度のごはん

きちんとたべて

火の用心　元気で　生きよう

きっとね

顔を見合わせた作造と信次、もう一回、繰り返す。こんどはすばらしい二部合唱で歌い上げて行く。

三度のごはん

きちんとたべて

火の用心　元気で　生きよう
きっとね

四人、びっくりして見ていたが、唄がみごとにきまったところで、太吉、足を踏みならし、

太吉　ドカーンとやる。あしたは盛大にやる。
お春　（理解して）大宴会をやるんだね。
太吉　（下手はるかを目で指して）帳場の電話で、かみさんをここへ呼ぼう。
お春　わたしにも義姉《ねえ》さんに挨拶させてよ。

さっそく、いろんな「もしもし」の練習を始める。

お春　（気取る）「もしもし」……（甘える）「もしもし」……（純情）「もしもし」……、
太吉　どんな「もしもし」でも、うちのはよろこぶよ。

お春　（ぐっとくだけて）「もしもし」……。
太吉　みんなでもう一泊するんだ。うちの連中もよろこぶぞ。（四人に）こいつと、こうやって一日早く逢えたのも、みなさんがうんとやかましくしてくださったからこそです。あしたの宴会に席を用意しておきます。
お春　（四人に）みんなでワーッとさわごうよ。（女実業家ぶる）「もしもし」費用はわたしが持つよ。
太吉　兄さんに任せておけ。伝票にポンとハンコを捺すと、経理部長がお金をポンと出す仕組みになっているんだ。
お春　（まじめな事務員ぶる）「もしもし」、その経理部長って、義姉さんのことですか。
太吉　（うなずいて）その経理部長に電話するんだよ。
お春　（なんだか横柄に）「もしもし」……、
太吉　（伝染、嬶天下《かかあでんか》）「もしもし」……、
お春　「もしもし」「もしもし」……、
太吉　「もしもし」「もしもし」……、

二人、廊下を下手へドタバタと走り去る。……四人、……それを見送っているうちに、

作造　「三度のごはん　きちんとたべて」……みんなの願いは生活の保障にあるんだねえ。いやいや、他人事《ひとごと》のようにはいうまい。わたしたち人間のほんとうの願いがここにあったんだな。

信次が大きくうなずいたので、玉乃と君代が目をみはる。

信次　「火の用心」は、つまり、災難や災害に遭《あ》いませんように……という祈りですか。

作造　（うなずいて）だれもが切実にそれを願っている。そしてもしも運悪く、災難や災害が降りかかってくるようなことがあっても、それでもきちんとたべて行けますように……万人が心の内でそう祈っているんだ。「元気で生きよう」、これもその通り。

信次　（うなずいて）健康は生活の基本ですからね。

作造　（うなずいて）万が一、その健康が害《そこ》なわれるようなことがあっても、家族みんながきちんとたべて行けますように……！

作造、信次をしっかりと見て、

作造　(唸って) ふしぎだ。

信次　……え？

作造　ものごころついてから今まで、世の中の不幸を目にするたびに、なぜ、なぜ、なぜと問うてきたが、その無数のなぜは、結局、「三度のごはん　きちんとたべて火の用心　元気で生きよう　きっとね」という、いまの唄の文句にまとまってしまうんだよ。

信次　(うなずいて) たしかに、ふしぎですね。

作造　いまの唄が、つまりは、ほんとうの憲法なんだな。いまの唄の下にみんなが集まればいい。この唄の文句を実現するための議会があればいい。いっそ、いまの唄を国歌にしてしまえばいい。

信次　すでに君が代があります。

玉乃と君代、ハッと緊張する。

信次　危険な冗談ですよ、兄さん。
作造　（小さく笑って）そうかな。
信次　わたしの考えはこうです。法の網をもっともっと綿密に張りめぐらせること。そして、「三度のごはん　きちんとたべて　火の用心　元気で生きよう　きっとね」という生活を国民に与えること。それが国家の、政府の夢、いや務《つと》めです。
作造　おまえの立場からいえばそうなるかもしれないな。

玉乃と君代、ほっとする。

作造　しかし、もしそうならば、しっかり性根《しょうね》を据えてかかれ。
信次　性根を据える？
作造　（うなずいてから）いまの憲法と議会は、わたしの理想からは、はるかに遠い。
信次　（ムッ、しかし抑えて）……それで？
作造　しかし、その不十分な憲法や議会さえも無視して、このところつづけざまに、大事なことがらが、宮城《きゅうじょう》と軍部とのあいだで決められて行く。

信次　（呟くように）去年からの満洲事変と満洲国建国《けんこく》、ですね。
作造　（うなずいて）そのごたごたを外国の目から隠すために、今年は上海総攻撃を始めた……国民の未来を決める重大なことがらが次から次へと、議会の外で決められている。
信次　……そうかもしれない。
作造　そうかもしれないだと。だから性根を据えろといっているんだよ。「三度のごはん　きちんとたべて　火の用心　元気で生きよう　きっとね」、そういう政策を国民にほどこすのが務めというなら、政治の流れを帝国議会へ引き戻せ。財閥の番犬に甘んじている政党に喝《かつ》を入れろ。自分かわいさに志《こころざし》を失《うしな》っている議員諸公の尻をひっぱたけ。（暗い未来を覗き込むような表情で）そうしないと、宮城と軍人どもが、間もなくこの国を地獄へ引きずり落としてしまうぞ。
信次　兄さん、なにか変ですよ。
玉乃　（同感）……あなた！
君代　まさか、湯中《ゆあた》り……？
玉乃　（ピシリと）まだお湯に入っていない。
作造　日本は、国境を越えて悪いことをするな。

信次　……兄さん。

作造　国家が悪いことをすれば、それはかならず国民に返ってくるんだ。忘れるな。

信次　兄さん！

信次たちがゾッとして見守っていると、そこへ下手から太吉とお春が駆けてくる。作造の様子がふっと元へ戻る。

太吉　あした、かみさんがまいります。どうぞ、よろしく。

お春　それが、感じのいいひとなのよ。

太吉　気のいいやつだよ。でも、こわい顔になるときもあるんだぜ。

お春　（怖い顔して）こんな？

太吉　そんなもんじゃないよ。

お春　（もっと怖い顔をして）こんな？

太吉　百面相をやっているひまに、お湯へ行ってきな。お湯からまっすぐ兄さんの座敷へくるんだぞ。今夜は徹夜で呑むんだからな。

お春　うちの女の子たちもお湯へ連れてっちゃおう。

廊下の上手へ駆け出しかけて、玉乃と君代に、

お春　ちょっと……いつまでよそ行きを着て、かしこまっているのよ。ここは温泉なんだよ、まったく。いっしょにお湯へ行こうよ。兄さん、すぐあとで。

上手へ駆けて入る。

太吉（作造と信次に）だんな方も旅館の着物になさっちゃいかがですか。それじゃ、肩がこるでしょう。

太吉、下手へ駆けて入る。
信次、右肩をピクピクさせて、

信次　背中、流しましょう。
作造（これまでになかったような輝くばかりの表情で）じゃあ、あすはわたしがおまえ

の背中を洗う。

信次　（うなずいて）ここに二泊もするんです。何度も洗いっこしましょうよ。

作造と信次、それぞれ玉乃と君代に目顔で「お湯へ行く」と告げて、座敷から出かかるが、作造、ふと立ち止まって、

作造　そういえば、これまで、信次といっしょにお湯に入ったことがなかったな。今夜が初めてだよ。これは「事件」だ。

信次　十も年が離れすぎていたのがいけなかったんですよ。

作造　なるほど、明快な答えだな。おまえはあいかわらず頭がいい。

作造と信次、「三度のごはん　きちんとたべて　火の用心……」と歌いながら廊下を下手へ歩き去る。

君代　この寝言帖、どうしようか？

玉乃　（ちょっと考えてから、笑顔になり）しばらくタンスの奥にでもしまっておいたら。

姉さんはそうする。

君代　（笑顔で受けて）妹もそうする。

玉乃と君代も下手へ出て行き、舞台にだれもいなくなる。

エピローグ　ふしぎな兄弟ふたたび

すぐに「ふしぎな兄弟」の前奏が始まり、六人の俳優が登場、そして歌う。

(信次)　兄の作造　このあとすぐに
　　　　胸の病いで　この世を去った
(君代)　議会の外で　すべてがきまる
　　　　それを見ながら　なげいて去った

　　　　(ハミングコーラス)

(作造)　おとうと信次　このあとすぐに
　　　　商工省の　大臣になった

（玉乃）兄の教えが　この弟に
生かされたのか　よくはわからぬ

（ハミングコーラス）

（お春）いくさのあとに　いくさがあって
ブリキ屋のあるじ　空襲で死んだ
（太吉）いくさのあとに　いくさがつづき
大連のマダム　引き揚げ中に死んだ

（ハミングコーラス）

（六人）これでおしまい
兄おとうとのはなし
これでおしまい
兄おとうとのはなし

前口上

日本国憲法は占領軍から、正しくはアメリカから押しつけられたものである——という説があります。でも、わたしはこの説を信じない、とても卑怯な俗説だから。たしかに、いくらかは押しつけられたところもあったでしょう。けれども、戦争直後の日本人、とりわけ当時三十代後半から上の世代には、この新しい憲法は、どこか懐《なつ》かしい古い子守唄のように聞えたはず。なにしろ彼らと彼女たちは、かつて、政府のやり方に不満を持った人びとが日比谷公園で騒ぎ出して、ついには議事堂に火をつけようとしたことや、憲法を守れと叫んで内閣を倒した人びとがいたことや、日本海側のおばさんたちの「米《こめ》よこせ」という血を吐くような声があっという間に全国にひろがったことや、輝やかしい将来を約束された学生たちがその将来を捨てて、働く人たちと肩を組み合って「この国の仕組みを変えよ」と主張しながら獄中で息絶えて行ったこと——そういった直近《ちょっきん》の事件群を、断片としてではあれ頭のどこかに記憶していたにちがいないからです。

そういった歴史の事件群のなかでも、あの大戦争のあとの三十代後半から上の世代の日本人の記憶にまだ鮮明だったのは、東京帝大教授吉野作造の説く「政治は国民を基《もと》とする」という民本主義《みんぽんしゅぎ》だったにちがいない。そして吉野のこの思想を発火点として、大正デモクラシーと呼ばれる新風が和《なご》やかに、しかし粘り強く吹きつづいていた時間もあったっけと思い出した。ですから、占領軍の役割は「日本人よ、ちょっと前の時代を思い出してごらん」と声をかけてくれただけ。いまの憲法は、そのころの日本人が過去の記憶をよびさまして摑み取ったもの。いまの憲法に当時の民間憲法草案からたくさんの事柄《ことがら》が流れ込んでいる事実も、わたしのこの説明を支えてくれるはずです。

吉野作造はわたしが通っていた高校の大先輩であり、また、彼の生地、宮城県古川市《ふるかわし》にある吉野作造記念館の名誉館長を仰せつけられてもいるので、この日本デモクラシーの先達《せんだつ》について、なにか書かなくてはと願ってきました。いま、ようやくその機会を得て真実うれしい——とそこまではいいのですが、なにしろ相手は巨大な思想の堅固《けんご》な要塞《ようさい》、生来の遅筆《ちひつ》が渋筆《じゅうひつ》をも併発、たくさんの皆様に迷惑をおかけいたしました。いま机に額をこすりつけて詫《わ》び言《ごと》を呟いているところであります。

今年の紀伊國屋演劇賞個人賞をお受けになってますます働き盛りの辻萬長《かずなが》さん、『國語元年』で、歌のたのしさ美しさをわたしたちに改めて教えてくださった剣幸《つるぎみゆき》さん、『太鼓たたいて笛吹いて』で、ひたすら真《ま》っ直《す》ぐでさわやかな演技を観《み》せてくださった神野三鈴《かんのみすず》さん——そこへ大鷹明良《おおたかあきら》さん、小嶋尚樹さん、そして宮地雅子さんの新鮮かつ練達のお三人が加わって、宇野誠一郎さんの名曲佳曲を芯にしながらどんな舞台を創り上げてくださるのか——演出は作者の短所をたちまち長所に変えてくださる名人の鵜《う》山《やま》仁《ひとし》さんですから、わたしは何の心配もしていないのです。そしていつも、わたしたちを支えてくださっている文化庁と紀伊國屋ホール、そしてスタッフの皆様に心から感謝いたします。もちろん、和田誠さんの絵と観客席のお客様がたに千回も万回も拍手を贈ります。皆様、ありがとうございます。

機会がおありでしたら、ぜひ、吉野作造記念館へお運びくださいますように。

（二〇〇三年五月刊「the座」第51号より）

■参考資料・引用文献

「吉野作造選集」（十五巻・別巻一）岩波書店
赤松克麿編「故吉野博士を語る」中央公論社
太田雅夫編「吉野作造『試験成功法』」青山社
田中惣五郎「吉野作造」未來社
田沢晴子「『民本主義』から『デモクラシー』へ」「民衆史研究」第四十二号
吉野信次「青葉集」相模書房
吉野信次「商工行政の思い出」商工政策史刊行会
吉野信次「日本国民に愬《うった》ふ」生活社
吉野信次「我國工業の合理化」日本評論社
吉野信次追悼録刊行会編「吉野信次」吉野信次追悼録刊行会

吉野作造記念館（宮城県古川市）にはたいへんお世話になりました。感謝いたします。

■『兄おとうと』劇中歌リスト

場	曲名	原曲	作曲者
プロローグ	ふしぎな兄弟	ティティナ	ダニデルフ
一場	ふとんの唄	幸福	シューベルト
二場	へそくりソング	ユモレスク	ドヴォルザーク
	なぜ	水玉たまれ	宇野誠一郎
三場	夢の街　天津	月娘	宇野誠一郎
	海苔のおにぎり	ミス上海	不明
四場	逢いたかった	会いたかったぜ	宇野誠一郎
エピローグ	ふしぎな兄弟	ティティナ	ダニデルフ

「兄おとうと」舞台写真　プロローグ
（撮影・谷古宇正彦　提供・こまつ座）

■初演二〇〇三年五月十三日～三十一日／こまつ座第六十九回公演
新宿・紀伊國屋ホール／演出＝鵜山仁　音楽＝宇野誠一郎
〔キャスト〕吉野作造＝辻萬長　吉野玉乃＝剣幸　吉野信次＝大鷹明良
吉野君代＝神野三鈴　青木存義ほか＝小嶋尚樹　大川勝江ほか＝宮地雅子
ピアニスト＝朴勝哲

■初出誌　「新潮」二〇〇三年八月号
■装幀　和田　誠

兄《あに》おとうと

二〇〇三年一〇月三〇日　発　行

著　者／井上《いのうえ》ひさし

発行者／佐藤隆信
発行所／株式会社新潮社
東京都新宿区矢来町七一
電話　編集部（03）三二六六―五四一一
　　　読者係（03）三二六六―五一一一
郵便番号一六二―八七一一
http://www.shinchosha.co.jp
印刷所／大日本印刷株式会社
製本所／株式会社大進堂
価格はカバーに表示してあります。

ISBN4-10-302328-7　C0093

読んで面白い井上戯曲の集大成

井上ひさし全芝居 全五巻

人間について知りたいならば、井上芝居を読むといい。
泣いて笑って、また泣いた。
処女作から「マンザナ、わが町」まで、41編を完全収録。

その一

うかうか三十、ちょろちょろ四十
さらば夏の光よ
日本人のへそ
表裏源内蛙合戦
十一ぴきのネコ
道元の冒険
金壺親父恋達引
珍訳聖書
藪原検校

その二

天保十二年のシェイクスピア
それからのブンとフン
たいこどんどん
四谷諧談
雨
浅草キヨシ伝
花子さん
日の浦姫物語

その三

しみじみ日本・乃木大将
小林一茶
イーハトーボの劇列車
国語事件殺人辞典
仇討
吾輩は漱石である
化粧
もとの黙阿弥
芭蕉通夜舟
頭痛肩こり樋口一葉

その四

きらめく星座 昭和オデオン堂物語
國語元年
泣き虫なまいき石川啄木
花よりタンゴ 銀座ラッキーダンスホール物語
キネマの天地
闇に咲く花 愛敬稲荷神社物語
雪やこんこん 湯の花劇場物語

その五

イヌの仇討
決定版十一ぴきのネコ
人間合格
シャンハイムーン
ある八重子物語
中村岩五郎
マンザナ、わが町

●造本＝四六判変型
布装表紙、上製貼箱入
8P26字×24行、2段組
●装幀＝安野光雅
●解説＝扇田昭彦
●頁　＝その一　660頁
その二　620頁
その三　616頁
その四、五　各520頁
●本体＝その一　5000円
その二、三　各4800円
その四、五　各4078円

Ⓢ新潮社

●表示の価格には消費税は含まれておりません。